Guillermo Arriaga

Der süße Duft des Todes

Guillermo Arriaga

Der süße Duft des Todes

Aus dem mexikanischen Spanisch
von Susanna Mende

Unionsverlag

Die Originalausgabe erschien 1994
unter dem Titel *Un dulce olor a muerte*
bei Editorial Planeta, Mexiko.
Die Herausgabe dieses Bandes wurde
gefördert durch einen Beitrag des
Unterstützungsprogramms für
Übersetzungen mexikanischer Werke
(PROTRAD) beim Nationalfonds
für Kunst und Kultur (FONCA), Mexiko.

Deutsche Erstausgabe

Herausgegeben von Thomas Wörtche

Auf Internet
Aktuelle Informationen
Dokumente, Materialien
www.unionsverlag.ch

Rieterstrasse 18, CH-8027 Zürich
Telefon 0041-1 281 14 00, Fax 0041-1 281 14 40
mail@unionsverlag.ch

Umschlaggestaltung: Heinz Unternährer, Zürich
Umschlagfoto: PRISMA/Stockimagery
Druck und Bindung: Clausen & Bosse, Leck
ISBN 3-293-00278-1

Ganz bestimmt für Maru

Adela

1

Ramón Castaños wischte den Staub vom Tresen, als er in der Ferne einen durchdringenden Schrei hörte. Er spitzte die Ohren und vernahm nichts weiter als die morgendlichen Geräusche. Er dachte, es sei das Jaulen eines der vielen Schreivögel gewesen, die sich auf dem Berg tummelten. Er wandte sich wieder seiner Arbeit zu, nahm ein Regalbrett und fing an, es abzuwischen. Wieder erklang ein Schrei, diesmal ganz in der Nähe und deutlich vernehmbar. Und diesem Schrei folgten noch einer und noch einer. Ramón legte das Regalbrett zur Seite und sprang mit einem Satz über den Tresen. Er trat vor die Tür, um zu sehen, was los war. Es war ein früher Sonntagmorgen, und niemand war auf der Straße, aber die Schreie kamen von Mal zu Mal schriller und durchdringender. Er ging bis zur Straßenmitte, und in der Ferne sah er drei kleine Jungen näher kommen, die im Laufen schrien: »Eine Tote … eine Tote …«

Ramón ging ihnen entgegen. Er versperrte einem von ihnen den Weg, während die beiden anderen zwischen den Häusern verschwanden.

»Was ist passiert?«, fragte er ihn.

»Sie haben sie umgebracht … sie haben sie umgebracht …«, kreischte der Junge.

»Wen? Wo?«

Ohne ein Wort zu sagen, drehte sich der Bengel um und lief zurück in die Richtung, aus der er gekommen war. Ramón folgte ihm. Sie rannten den Pfad entlang, der zum Fluss führte, bis sie auf ein Hirsefeld stießen.

»Dort«, stieß der Junge aufgeregt hervor, und mit seinem Zeigefinger wies er auf einen der Feldränder.

Zwischen den Furchen lag die Leiche. Ramón ging langsam näher, während ihm bei jedem Schritt das Herz im Hals klopfte. Die Frau lag nackt mit dem Gesicht zum Himmel in einer Blutlache. Kaum hatte er sie gesehen, konnte er den Blick nicht mehr abwenden. Mit seinen sechzehn Jahren hatte er schon mehrmals davon geträumt, eine nackte Frau anzuschauen, aber nie hatte er sich vorgestellt, sie so vorzufinden. Eher erstaunt als lüstern glitt sein Blick über die zarte und reglose Haut: Es war ein junger Körper.

Mit den seitwärts ausgestreckten Armen und einem leicht angewinkelten Bein schien die Frau eine letzte Umarmung zu verlangen. Das Bild erschütterte ihn. Er schluckte schwer und atmete tief. Er bemerkte den süßlichen Blumenduft eines billigen Parfüms. Ihm war danach zumute, der Frau die Hand zu reichen, ihr aufzuhelfen und ihr zu sagen, dass sie aufhören solle, sich tot zu stellen. Sie lag noch immer nackt und reglos da. Ramón zog sein Hemd aus – sein Sonntagshemd – und bedeckte sie, so gut er konnte. Als er noch näher kam, erkannte er sie: Es war Adela, und sie war von hinten erstochen worden.

2

Die Kinder voran, näherte sich eine Schar Neugieriger. Lärmend kamen sie über den Pfad, bis sie beinahe über die Leiche stolperten. Der Anblick des Todes ließ sie plötzlich verstummen. Schweigend umringten sie die Stelle. Ein paar begutachteten die Tote verstohlen. Ramón bemerkte, dass der Körper noch immer nicht ganz bedeckt war. Mit den Händen riss er Hirsehalme ab und bedeckte die entblößten Stellen. Die anderen schauten ihm verwundert zu, wie Eindringlinge, die einen privaten Ritus störten.

Ein dicker grauhaariger Mann bahnte sich einen Weg. Es war Justino Téllez, der Gemeindevorsteher von Loma Grande. Er blieb einen Augenblick stehen und wagte es nicht, den Kreis um Ramón und die Tote zu durchbrechen. Er wäre lieber am Rand als mitten in der Menge geblieben. Doch war er die Autorität, und als solche musste er eingreifen. Er spuckte auf den Boden, trat mit drei langen Schritten vor und wechselte mit Ramón ein paar Worte, die niemand verstand. Er kniete sich neben den Körper und hob das Hemd hoch, um das Gesicht zu betrachten.

Der Gemeindevorsteher begutachtete die Leiche eingehend. Als er damit fertig war, bedeckte er sie wieder und erhob sich mühsam. Er schnalzte mit der Zunge, nahm ein rot kariertes Taschentuch aus der Hosentasche und wischte sich den Schweiß ab, der ihm über das Gesicht rann.

»Holt einen Karren«, befahl er, »man muss sie ins Dorf bringen.«

Niemand rührte sich. Als er sah, dass sein Befehl nicht befolgt wurde, schaute Justino Téllez jedem, der ihn beobachtete, ins Gesicht und hielt bei Pascual Ortega inne, einem dürren, ungelenken und krummbeinigen Burschen.

»Mach schon, Pascual, hol den Karren deines Großvaters.«

Als hätte man ihn plötzlich geweckt, schaute Pascual zuerst den Leichnam an, dann den Gemeindevorsteher, wandte den Kopf um und rannte los.

Justino und Ramón standen sich eine Weile schweigend

gegenüber. Flüsternd fragten ein paar Neugierige: »Wer ist die Tote?«

Eigentlich wusste niemand, wer die Tote war, doch irgendeine Stimme sagte: »Die Freundin von Ramón Castaños.«

Für Sekunden erhob sich ein Stimmengewirr. Als es verstummte, breitete sich ein lastendes Schweigen aus, das hin und wieder vom Zirpen der Zikaden unterbrochen wurde. Die Sonne erwärmte bereits die Luft. Ein warmer und feuchter Dunst stieg von der Erde auf. Kein Lüftchen wehte, das den leblosen Körper gekühlt hätte.

»Sie ist erst vor kurzem erstochen worden«, stellte Justino mit leiser Stimme fest, »weder ist die Totenstarre eingetreten, noch haben sich die Ameisen über sie hergemacht.«

Ramón schaute ihn bestürzt an. Téllez fuhr mit noch leiserer Stimme fort: »Es ist nicht einmal zwei Stunden her, dass sie ermordet wurde.«

3

Pascual kam mit dem Karren und lenkte ihn so nah wie möglich an das Opfer heran. Die Leute traten zur Seite und verharrten erwartungsvoll, bis Ramón entschlossen die Arme unter den Leichnam schob und ihn mit einem Ruck hochhob. Ganz unbeabsichtigt berührte eine seiner Hände die klebrige Wunde, und erschrocken zog er sie jäh zurück. Das Hemd und die Halme glitten herab, und wieder war die Frau nackt. Erneut begafften lüsterne Augenpaare die bloße Haut. Ramón versuchte, Adela davor zu schützen; er machte eine halbe Umdrehung und stieg rückwärts über die Furchen. Die anderen wichen zurück und gaben den Weg frei, ohne ihm Hilfe anzubieten. Taumelnd bewegte er sich zu dem Karren und legte den leblosen Körper sanft auf die Pritsche. Pascual reichte ihm eine Decke, um sie zuzudecken.

Justino trat näher, versicherte sich, dass alles in Ordnung war, und bestimmte: »Bring sie weg, Pascual.«

Der Junge stieg auf den Bock und trieb die Esel an. Der Karren setzte sich holpernd in Bewegung, während der Leichnam auf den Brettern hin- und herschaukelte. Die Menge folgte. Unter denen, die in der Trauerkolonne gingen, wurde das Gerücht zur Gewissheit: Man hatte die Freundin von Ramón Castaños ermordet.

Justino und Ramón standen reglos da und sahen zu, wie sich der Zug in Bewegung setzte. Immer noch erschrocken von der Berührung des feuchten Fleisches, spürte Ramón, wie das Blut in seinen Adern pochte. Er trauerte dem Gewicht nach, das er gerade getragen hatte. Er spürte, dass er sich von etwas verabschiedet hatte, das ihn nicht mehr verlassen würde. Er betrachtete seine Arme: Sie waren mit einem Muster aus blassen Blutflecken überzogen. Er schloss die Augen. Plötzlich stieg in ihm der schwindelnde Wunsch auf, Adela nachzulaufen und sie zu umarmen. Die Vorstellung verstörte ihn. Er glaubte ohnmächtig zu werden.

Justinos Stimme brachte ihn zu sich: »Ramón!«, rief er.

Er öffnete die Augen. Der Himmel war blau und wolkenlos. Die rötlichen Hirsehalme waren beinahe erntereif. Und der Tod war die Erinnerung an eine Frau in seinen Armen.

Justino beugte sich hinab und hob das Hemd auf, das auf den Boden gefallen war. Er reichte es Ramón, der es automatisch nahm. Auch das Hemd hatte sich rot verfärbt. Ramón zog es nicht an, sondern schlang es um die Hüften.

Der Gemeindevorsteher trat zu ihm, blieb stehen und kratzte sich am Kopf: »Ich muss dir was gestehen«, sagte er, »ich hab keinen blassen Schimmer, wer die Tote ist.«

Ramón seufzte leise. Er hätte sagen können, dass er es ebenfalls nicht wusste. Er hatte sie gerade fünf oder sechs Mal gesehen, immer dann, wenn sie in seinen Laden geschickt worden war, um einzukaufen. Da sie ihm sehr gefallen hatte – sie war groß und hatte helle Augen – hatte er sich nach ihrem Namen erkundigt. Juan Carrera hatte ihn ihm verraten: Adela. Das war alles, was er von ihr wusste. Aber jetzt, wo er sie so nah bei sich gehabt hatte, so nackt und vertraut, war ihm, als kenne er sie schon ein Leben lang.

»Adela«, murmelte Ramón, »sie hieß Adela.«

Der Gemeindevorsteher runzelte die Stirn. Der Name sagte ihm nichts.

»Adela«, wiederholte Ramón, als würde der Name wie von selbst über seine Lippen kommen.

»Adela, und wie weiter?«, erkundigte sich Justino.

Ramón zuckte mit den Schultern. Der Gemeindevorsteher senkte den Blick und untersuchte das Umfeld der Stelle, an der zuvor der Körper gelegen hatte und die jetzt von einem großen Blutfleck bedeckt war. In den harten und rissigen Ackerschollen waren undeutlich Fußspuren zu erkennen. Justino folgte ihnen. Sie führten auf den Acker und verloren sich zum Fluss hin. Er ging in die Hocke und maß sie mit der Spanne seiner Hand. Eine der Spuren war eine Spanne breit: die von Adela. Eine andere maß eine Spanne und drei Finger: die des Mörders. Ihre

Spuren waren die von nackten Füßen, seine kamen von Cowboystiefeln mit hohem Absatz.

Justino atmete tief und fasste zusammen: »Der Mörder war weder groß noch klein, weder dick noch dünn, stimmts?«

Ramón stimmte eher unfreiwillig zu. Er hatte nicht zugehört. Justino wühlte ein wenig mit dem Schuh in der Erde und fügte hinzu: »Sie ist mit einem großen und spitzen Messer umgebracht worden. Man hat ihr das Herz mit einem einzigen Stich durchstoßen.«

Er hielt Ausschau nach der Waffe. Er fand nichts und setzte hinzu: »Sie ist nach vorn gefallen, doch der Mörder hat sie umgedreht, um ihr Gesicht zu sehen, und so hat er sie liegen lassen … als hätte sie noch etwas sagen wollen.«

Ein Schwarm weißer Tauben flog über sie hinweg. Justino schaute ihnen nach, bis sie am Horizont verschwanden.

»Die Tote war sehr jung«, sagte er in einem Ton, als spräche er zu sich selbst, »warum zum Teufel hat sie jemand umgebracht?«

Ramón hatte nicht einmal die Kraft, ihn anzuschauen. Justino Téllez spuckte auf den Boden, ergriff seinen Arm, und gemeinsam machten sie sich auf den Weg.

Die Schule

1

Sie kehrten nach Loma Grande zurück. Die den Zug bildeten, erwarteten sie reglos, zusammen mit Adelas Leichnam auf dem Karren, der von Sonne und Staub aufgedunsen war. Weitere Nachbarn hatten sich zu der Gruppe gesellt. Auch unter ihnen ging das Gerücht: Ramón Castaños' Freundin ist ermordet worden.

Jacinto Cruz, Viehschlachter und Totengräber auf dem Dorffriedhof, ging zu Ramón. »Was sollen wir tun?«, fragte er ihn.

Etwas verärgert mischte sich Justino ein: Als Amtsträger war er es, den man zu fragen hatte.

»Bringt sie zur Schule«, bestimmte er.

Jacinto hörte die Anweisung, und als er sie ausführen wollte, hielt ihn der Gemeindevorsteher zurück.

»Und gib den Eltern des Mädchens Bescheid.«

Jacinto Cruz schaute ihn forschend an. »Und wer ist das?«

Téllez zuckte mit den Schultern. In der Hoffnung auf eine Antwort wandte er sich an Ramón, doch der wusste es auch nicht.

»Ich kenne sie«, sagte Evelia, die Frau von Lucio Estrada, »sie wohnen zwei Häuser weiter von Macedonio Macedo.«

Vor ein paar Monaten war Macedonios Haus das letzte von Loma Grande gewesen. Doch kamen so viele Menschen von außerhalb, um sich im Dorf niederzulassen, dass sich die Dorfgrenze von Woche zu Woche verschob.

»Dann tu mir bitte den Gefallen, Evelia«, sagte Téllez mit rauer Stimme, »und sag ihnen, was passiert ist.«

Sie wurde in die Schule gebracht. Ohne es beabsichtigt zu haben, führte Ramón den Trauerzug an. Die Menge rührte sich nicht, bis er den ersten Schritt machte.

In einem der beiden Klassenräume, die die Schule besaß, legten sie die Tote auf den Fußboden. Um sie nicht mit noch mehr Erde zu beschmutzen, schoben sie ihr eine Matte unter und legten Pascuals Decke wieder über sie. Jemand entzündete Kerzen an den vier Ecken der Matte. Der Saal begann sich zu füllen. Die Leute drängten sich aneinander, um so nah wie möglich am Geschehen zu sein. Trotz des Getümmels machte die Unruhe wie an einer unsichtbaren Grenze da Halt, wo Ramón stand.

2

Inmitten des Gewühls und der Schwüle drängelte sich Pedro Salgado zu Ramón hindurch.

»Das mit deiner Freundin tut mir sehr leid, Cousin«, sagte er zu ihm.

Ramón schaute ihn verwirrt an.

»Welche Freundin?«

Pedro umarmte ihn. Sein Atem verströmte Alkoholdunst.

»Ich fühle mit dir, Cousin«, flüsterte er ihm ins Ohr. Er ließ ihn los, zog sein Hemd aus und reichte es ihm.

»Hier, damit du in dieser schweren Stunde nicht mit nackter Haut herumläufst.«

Ramón stellte fest, dass er seins nicht anhatte.

»Nein, danke«, sagte er beschämt, während er auf das

zeigte, das er um die Taille geschlungen hatte, »ich hab meins hier.«

Pedro betrachtete es mit glasigem Blick. Er machte den Mund auf und schlug sich gegen die Brust.

»Cousin, deines ist schmutzig, und meines überlass ich dir von ganzem Herzen.«

Benommen nahm Ramón das Hemd und bedankte sich für die Geste, während ihm sein Cousin den Rücken tätschelte.

»Sag Bescheid, Ramón, wenn ich etwas tun kann«, sagte er mit tränenfeuchten Augen zu ihm und küsste ihn auf die Stirn.

»Ich weiß, dass du sie sehr geliebt hast«, murmelte er und entfernte sich wankend.

Ramón wollte ihn gerne festhalten und klarstellen, dass Adela nie seine Freundin gewesen war und dass er sie genauso wenig kannte wie alle anderen. Die Menschenmenge hinderte ihn daran. Es beruhigte ihn, dass sein Cousin betrunken war. Er weiß ja nicht, was er redet, dachte er.

Er nahm Pedros Hemd in Augenschein. Es roch ein wenig nach Schweiß und Bier, doch war es sauberer als sein eigenes. Er zog es an und knöpfte es zu; es war größer als seins.

Der Mord war kaum eine Stunde entdeckt, als das Gerücht vom Tod der Freundin von Ramón Castaños in jeden Winkel von Loma Grande gedrungen war.

Die Menschen, die sich um die Schule drängten, versuchten, mehr über die Liebschaft zwischen Ramón und der Unbekannten in Erfahrung zu bringen. Ein paar nutzten die Gelegenheit, um aufzutrumpfen. Juan Carrera prahlte damit, ein Freund der Toten gewesen zu sein, während er Adela in Wirklichkeit an einem weit zurückliegenden Donnerstag im Juni einen Gruß zugerufen hatte, den sie nicht einmal erwiderte.

»Ich habe sie Ramón vorgestellt«, versicherte er, »mir ist es zu verdanken, dass sie ein Paar geworden sind.«

3

Die Witwe Castaños schuppte ein paar Seebarben, die ihr Melquiades und Pedro Estrada geschenkt hatten, als sie ein paar Straßenecken weiter den Trauerzug erblickte. Sie schenkte ihm keinerlei Aufmerksamkeit, denn sie dachte, dass es sich um eine der vielen religiösen Zeremonien handelte, die an den Sonntagvormittagen von den Evangelisten veranstaltet wurden. Sie wandte sich wieder ihrer Arbeit zu. Sie putzte die Seebarben zu Ende und spülte sie ab, um die Reste der Innereien zu entfernen. Während sie damit beschäftigt war, kamen María Gaya und Eduviges Lovera, um sie über den Vorfall zu unterrichten. Sich gegenseitig ins Wort fallend, malten sie die Ereignisse aus. Die Witwe brachte ihre Überraschung zum Ausdruck. Weder hatte sie irgendetwas von der Liebschaft ihres Sohnes mit jener Adela bemerkt, noch hatte Ramón ihr erzählt, dass er eine Freundin hatte. Auch hatte der Junge nicht diese sonderbaren Gewohnheiten an den Tag gelegt, die einen Verliebten verraten und eine geheime Leidenschaft enthüllt hätten. Nein, an jener Romanze war nichts dran. Ihr wäre so etwas Wichtiges nicht entgangen. Doch ihre Freundinnen bestanden darauf: Ramón war der Freund von Adela, und Adela war bei Tagesanbruch ermordet worden. Die Witwe weigerte sich, diese Version der

Geschichte zu glauben. Eduviges Lovera schlug ihr vor, sie zur Schule zu begleiten, damit sie sich selbst davon überzeugte. Sie war einverstanden. Sie warf die Fische in einen Eimer, bestreute sie mit Salz, bedeckte sie mit einem Stück Pappe, um zu verhindern, dass die Fliegen drangingen, und machte sich auf den Weg.

Als sie den Raum betrat und ihren Sohn in einem Winkel des Saals entdeckte, verlor die Witwe jeden Zweifel an der Richtigkeit dessen, was ihr ihre Freundinnen erzählt hatten. Ramón sah traurig und schmerzerfüllt aus. Es war der Schmerz und die Traurigkeit, wie sie nur Männer zeigen, die gerade die über alles geliebte Frau verloren hatten.

Die Witwe Castaños schwankte einen Moment lang, ob sie den jüngsten ihrer Söhne trösten sollte. Sie wagte es nicht. Ramóns Miene verriet einen solchen Schmerz, dass sie sich nicht dazu in der Lage sah. Voll Kummer verließ sie den Saal.

4

Noch immer trafen Menschen bei der improvisierten Totenwache ein. Der Saal war brechend voll: Diejenigen, die draußen standen, drängten hinein, und diejenigen, die drin waren, wollten nicht gehen. Alle hatten den Wunsch, dabei zu sein, über das unverhoffte Ende der Liebschaft zu tuscheln, den Leichnam zu beschnuppern, sich an fremdem Leid zu laben.

Um im Saal mehr Platz zu schaffen, wurden Tischbänke, Stühle, die Tafel und alles, was im Weg war, hinausgeschafft. Dies geschah mit solcher Unachtsamkeit, dass mehrere Schreibpulte auseinander brachen. Verzweifelt versuchte die Lehrerin Margarita Palacios – die einzige in

Loma Grande und Umgebung – das Menschengewühl in die Schranken zu weisen. Mit den Händen fuchtelnd schimpfte sie: »Schaffen Sie diese Tote hier raus. Meine Kinderchen werden sich erschrecken, und dann werden sie nicht mehr in die Schule kommen wollen.«

Ihr Protest war vergeblich. Die Erwachsenen, die Aufmerksamkeit mehr dem Lärm der Ereignisse denn ihren Argumenten zugewandt, hörten ihr nicht zu.

Unterdessen, und weit davon entfernt, sich zu erschrecken, schienen die Knirpse von dem Aufruhr ihrer Eltern angesteckt zu sein. An den Fensterscheiben des Saals zusammengedrängt, brannten sie darauf, so gut es ging an dieser Ausnahmesituation teilzuhaben.

Inmitten all diesen Lärms erfuhr Justino Téllez das Unausweichliche: Adela war die Freundin von Ramón Castaños. Anfänglich weigerte er sich, es zu glauben. Er dachte, es wäre nur dummes Geschwätz. Doch wurde der Satz so häufig und von so vielen Mündern wiederholt, dass er ihm schließlich Glauben schenkte. Da verstand er auch den Kummer, der Ramón befallen hatte, seinen leeren Blick, seine zusammengepressten Kiefer, doch konnte er weder begreifen, warum ihm Ramón nicht die Wahrheit gesagt hatte, noch den Grund verstehen, weshalb er sein Verhältnis mit Adela verheimlicht hatte.

Da Justino Téllez jedoch die Gemeinde und nicht die Polizei vertrat, kümmerte es ihn herzlich wenig, eine Antwort auf seine Fragen zu finden.

Stattdessen ließ er dicht neben Ramóns Ohr den Satz fallen: »Das hast du ja fein für dich behalten.«

Erst merkte Ramón gar nicht, dass Justino ihn gemeint hatte. Doch blickte ihn der Gemeindevorsteher so lange unverwandt an, bis er sich schließlich angesprochen fühlte.

»Was für mich behalten?«, fragte er verärgert.

Justino lächelte und wies mit seinem Kopf auf die Gestalt, die Adelas Leichnam war.

»Dass sie deine Freundin war.«

Die Antwort verschlug Ramón die Sprache. Stammelnd versuchte er zu widersprechen: »Das ist nicht … sie … ich …«

Zu mehr kam er nicht, denn in diesem Moment schrie jemand: »Da kommt die Landpolizei.«

Carmelo Lozano

1

Zwei graublaue Mannschaftswagen hielten vor der Schule. Sie taten es lärmend und mit viel Getöse, wobei sie eine Staubwolke aufwirbelten und die Kinder erschreckten. Aus dem einen stieg Carmelo Lozano, der Chef der Landpolizei, die in Ciudad Mante stationiert war. Carmelo hatte nicht die Angewohnheit, sonntägliche Kontrollrunden zu drehen, doch an diesem Morgen war er mit dem sicheren Gefühl erwacht, dass in der Gegend von Loma Grande etwas Ernstes geschah. »Es liegt was in der Luft«, sagte er zu seinen Untergebenen, verfrachtete sie in die Transporter und, geleitet von seinem Instinkt, lotste er sie ohne zu zögern vierzig Kilometer über holprige Feldwege bis ins Dorf.

»Was ist los, Leute? Weshalb dieser Aufruhr?«

Wer sich vor dem Saal herumdrückte, wich ihm aus. Carmelo war kein schlechter Mensch. Auch kein guter. Er war Polizist, und das genügte, ihn zu meiden.

Von einem der Fenster aus konnte Lozano den Körper ausmachen, der im Klassenzimmer lag. Es freute ihn, seine Vorahnung bestätigt zu finden. Seine Spürnase hatte ihn noch nie im Stich gelassen. Er packte Guzmaro Collazos, einen fahrigen Burschen, der gerade am Ort des Geschehens aufgetaucht war, an der Schulter: »Wen haben sie umgebracht, Kumpel?«

Guzmaro wusste nicht, was er antworten sollte. Er versuchte sich loszureißen, doch Carmelos eiserner Griff ließ es nicht zu.

»Was ist passiert, Mann? Erzähl.«

Justino Téllez erschien im Türrahmen und kam zu Hilfe.

»Willst du nicht erst Guten Tag sagen, Capitán? Oder hast du deine guten Manieren vergessen?«

Carmelo blickte von seinen stattlichen zwei Metern auf ihn herab und lächelte. Er und Justino kannten sich bereits, als Loma Grande noch eine Hüttensiedlung von vier Gebäuden war und noch gar nicht so hieß. Carmelo ließ Guzmaro los, der sich schleunigst in sichere Entfernung begab, und ging auf Justino zu. Sie begrüßten sich, wie sie es bereits als Kinder getan hatten: »Was ist los, du Rindvieh?«, rief Lozano aus.

Justino antwortete sogleich: »Hier? Gar nichts, du Hornochse.«

Carmelo trat vor Justino hin und tat so, als verpasse er ihm einen Leberhaken. Der Gemeindevorsteher tat so, als wiche er ihm aus.

»Was hat dich gebissen, Capitán, dass du die lange Fahrt hierher unternommen hast?«

»Tja, Kumpel, ich bin mit dem brennenden Wunsch aufgewacht, dir Guten Tag zu sagen.«

Justino streckte ihm die Hand entgegen und Carmelo schlug ein.

»Na gut. Jetzt hast du mich begrüßt«, stellte Justino fest, »jetzt kannst du dich wieder auf den Heimweg machen.«

Carmelo zog die Brauen hoch.

»Ahhh, Justino, was bist du für ein Arschloch.«

Die beiden Männer schauten sich sekundenlang an. Téllez setzte sich in Bewegung.

»Komm«, sagte er zu dem Polizisten, »begleite mich, hier gibt es zu viele neugierige Ohren.«

Die Schaulustigen, die sie umringten, traten beiseite,

weil sie nicht gemeint sein wollten. Mit einem Zeichen befahl Lozano seinen acht Männern, auf ihn zu warten.

Sie gingen ein paar Schritte, bis sie im Schatten einer hohen Akazie Schutz fanden.

»Also, Carmelo«, sagte Téllez, als er sich außer Reichweite der neugierigen Zuhörer befand, »ein Mädchen aus dem Ort ist gestorben.«

»Ist gestorben oder wurde gestorben?«

Justino spuckte auf die lose Erde. Die Spucke mischte sich mit dem Staub und verschwand.

»Sie wurde gestorben … und zwar auf die brutale Art. Jemand hat ihr ein Messer in den Rücken gerammt.«

Ohne besondere Regung strich sich Carmelo über den Schnurrbart und schnitt einen Zweig von der Akazie ab, um an ihm zu saugen.

»Und wer ist die Tote?«

Justino schüttelte den Kopf.

»Ich versuche gerade, es herauszufinden.«

Carmelo schüttelte den linken Arm, um eine Heuschrecke zu verscheuchen, die sich an seinem Uhrarmband festgekrallt hatte. Die Heuschrecke flog zu den dutzenden von Gaffern, die die beiden neugierig beobachteten.

»Weißt du, wer sie umgebracht hat?«

»Keine Ahnung.«

»Wie alt war das Mädchen ungefähr?«, erkundigte sich Lozano.

Justino überlegte ein paar Sekunden.

»Ich kann nicht gut schätzen, aber ich würde sagen, fünfzehn.«

Carmelo befeuchtete seine spröden Lippen mit Spucke, und mit der Hand wischte er sich den Schweiß ab, der sich über seinen Augenbrauen sammelte.

»Diese Bruthitze macht einen fertig«, sagte er und betrachtete das Flimmern, das in Wellen über die Straße kroch.

»Wie siehst du die Sache?«, fragte er. »Riecht das nicht nach Liebeskummer?«

Téllez stimmte vage zu.

»Verdammtes Volk, Kumpel«, fuhr Lozano fort, »sie werden einfach nicht zivilisiert, noch immer bringen sie sich wegen solcher Verrücktheiten um.«

Justino schaute ihn ungläubig an. Als junger Mann hatte Lozano eine Frau aus Eifersucht schwer verletzt. Sie überlebte die beiden Kugeln, die ihr der Capitán verpasst hatte. Voll Reue machte er ihr einen Heiratsantrag. Sie nahm an, doch kamen sie nicht mehr dazu zu heiraten. Sie starb wenige Tage vor der Hochzeit an einer Alkoholvergiftung. Seit damals betrachtete er jeden Ausbruch von Leidenschaft als Akt der Barbarei.

»Das sind keine Verrücktheiten«, widersprach Justino spöttisch, »du bist einfach alt geworden und verstehst von solchen Sachen nichts mehr.«

»Ich glaub eher, du kriegst keinen mehr hoch«, gab Carmelo zur Antwort. Er hob den Blick zur Sonne, die oben am Himmel zu knistern schien.

»Verdammt«, murmelte Lozano, »ich hab den ganzen Weg umsonst gemacht.«

Justino stieß ein spöttisches Lachen aus.

»Was hast du erwartet, Capitán? Schmuggelware? Ein Flugzeug mit Drogenhändlern?«

»Etwas, wofür es sich gelohnt hätte«, antwortete Lozano, »nicht einen sinnlosen Tod.«

Justino wusste, dass Carmelo im Grunde darüber verärgert war, dass er niemanden erpressen konnte, und ohne

Verdächtige oder Schuldige war es schwierig, Geld aus der Sache zu schlagen. Das Verbrechen an dem Mädchen ließ ihn tatsächlich völlig kalt.

Wieder befeuchtete Carmelo seine spröden Lippen.

»Lad mich wenigstens auf ein Bier ein, oder?«

»Klar doch, Mann«, wollte Justino antworten, als ihm einfiel, dass der einzige Laden – es gab zwei im Dorf –, der am Sonntag geöffnet hatte und eisgekühltes Bier verkaufte, Ramón gehörte.

»Tja, das geht nicht.«

»Erzähl keinen Blödsinn«, entgegnete Carmelo.

»Es hat nichts offen«, erklärte Justino.

»Wieso?« Carmelo rieb sich den Nacken.

»Weil das Mädchen, das sie umgebracht haben, die Freundin von Ramón Castaños war, der von dem Laden um die Ecke.«

»Ramón? Der Sohn von Francisca?«

»Genau der.«

Carmelo schnalzte mit der Zunge.

»Zsss, sagtest du nicht, dass du nicht wüsstest, wen sie abgemurkst haben?«

»Das stimmt auch, ich hab das Mädchen vorher nie gesehen und nicht gewusst, wer sie ist. Das bisschen, was ich weiß, hab ich dir soeben gesagt, und das hab ich selbst gerade erst erfahren.«

Lozano kratzte sich misstrauisch am Kopf.

»Wo ist Ramón?«

»Dort drin, die Totenwache halten«, antwortete Justino.

Carmelo schleuderte den Akazienzweig, an dem er genuckelt hatte, zu Boden.

»Nicht mal ein armseliges Bier kann man hier trinken, verfluchter Mist«, beschwerte er sich.

Aus einer seiner Hemdtaschen zog er einen Füllfederhalter und ein Notizbuch.

»Was hast du vor?«, fragte Justino.

»Einen Bericht schreiben.«

Justino widersprach schnaubend.

»Mach keinen Scheiß, Carmelo, lass die Dinge, wie sie sind. Hier kümmere ich mich um alles, und wenn ich etwas in Erfahrung bringe, sag ich dir Bescheid.«

Lozano blickte Justino prüfend an und schüttelte langsam das Kinn.

»He, Kumpel, weshalb zum Kuckuck mischst du dich in Angelegenheiten ein, die dich nichts angehen?«

»Und ob, zum Donnerwetter«, erwiderte Justino aufgebracht, »das letzte Mal, als du einen deiner verdammten Berichte geschrieben hast, sind sogar die Typen von der Staatsanwaltschaft hier aufgekreuzt und haben ihre Nase in das Dorf gesteckt, und das nur, weil du dachtest …«

Carmelo unterbrach ihn plötzlich.

»Ramón hat sie umgebracht, nicht wahr?«

Überrascht zog Justino die Augenbrauen zusammen.

»Ich wusste es«, fuhr Lozano fort, »so ist das mit der verfluchten Eifersucht. Niemand hat sie im Griff.«

Adela kehrt ins Leben zurück

1

Ein spitzer Schrei hallte von den vier Wänden des Saals wieder: »Sie lebt«, heulte Prudencia Negrete, denn die Alte hatte gesehen, wie sich der Leichnam unter der Decke krümmte. Rosa León unterstützte sie mit einem noch durchdringenderen Schrei: »Sie lebt … Sie bewegt sich!«

Ramón richtete seinen Blick auf die Tote und spürte, wie sich ihm der Magen zusammenzog. Adela bewegte sich, die eine Körperhälfte hob und senkte sich langsam.

»Gütiger Gott, vergib uns«, stöhnte Gertrudis Sánchez, die einzige Prostituierte in Loma Grande und Umgebung, auf Knien.

Lucio Estrada verwahrte sich gegen die allgemeine Hysterie. »Alte Vetteln«, flüsterte er Ramón ins Ohr, ging zu dem Leichnam und deckte ihn bis zu den Schultern auf. Der liebliche Gesichtsausdruck, den Adela am Morgen noch besessen hatte, war verschwunden. Jetzt sah ihr Gesicht hart und angespannt aus, wie kurz vor einem Schrei.

»Lebendig?«, machte sich Lucio lustig. »Wenn sie so hochschnappt, dann wegen der Gase.«

Widerstrebend trat Rosa León näher, um sich von dem zu überzeugen, was Lucio behauptete, und als sie dicht neben dem Körper stand, piekte er sie in die Rippen.

»Obacht, sie beißt.«

Rosa León machte einen panischen Satz zurück. Ein paar Leute fingen an zu lachen. Nicht Ramón. Adelas Erscheinung, die so viel toter wirkte als zuvor, traf ihn zutiefst. In ein paar Sekunden hatte sich Adela vor seinen Augen verwandelt. Sie war nicht mehr die schmiegsame

Frau, die er in seinen Armen gehalten und die ihn verwirrt hatte. Jetzt war sie nur noch ein großes Stück Fleisch. Und trotzdem, Adela ließ ihn nicht los, sie schlug ihn in Bann, machte ihn gefügig.

Lucio bedeckte den Leichnam wieder und streckte zufrieden mit seiner Vorführung und damit, die Tratschweiber lächerlich gemacht zu haben, die Arme aus. Vergnügt kehrte er auf ein Schwätzchen zu seinen Freunden zurück, während Rosa León unter dem Gelächter der anderen schluchzend das Klassenzimmer verließ.

Die Schreie von Rosa und Prudencia hatten die Aufmerksamkeit aller auf sich gezogen und dabei vergessen lassen, dass draußen neun Mitglieder der Landpolizei herumschnüffelten. Plötzlich entdeckten sie, dass Carmelo Lozano und seine Männer in die Mannschaftswagen kletterten und Justino sie mit einer ernsten Gebärde verabschiedete.

So wie die Polizisten gekommen waren, verschwanden sie auch wieder: Sie produzierten eine Staubwolke und erschreckten die Kinder.

Justino war es gelungen, nacheinander jeden einzelnen Verdacht, den Carmelo Lozano gegen Ramón gehegt hatte, zu zerstreuen. »Nein, Capitán«, hatte er zu ihm gesagt, »der Junge wäre zu so etwas gar nicht fähig. Wir beide kennen ihn von Kindesbeinen an. Wie, glaubst du, könnte er ein solches Verbrechen begehen?«

Die Verteidigung des Ladenbesitzers kostete ihn viele Worte und zehntausend Pesos. »Für das Benzin«, führte Carmelo an, »und für ein paar gut gekühlte Biere, die ich in Mante trinken werde. Hier wird man ja nicht gescheit bedient.«

Bevor Lozano ging, versprach er, unter der Woche wiederzukommen, um »nach dem Rechten zu sehen«, und da er kein schlechter Kerl war, bewies er seine guten Absichten, indem er folgenden Bericht verfasste:

Sonntag, 8. September 1991.
Kontrollfahrt vorgenommen. Weder schwere Zwischenfälle noch Straftaten zu verfolgen. In der Region herrschen Ruhe und Ordnung.

Justino kehrte ins Klassenzimmer zurück und wandte sich an Ramón.

»Ich hab dich davor bewahrt, dass sie dich einsperren«, schalt er ihn, »aber du schuldest mir eine Erklärung für die Heimlichtuerei.«

2

Die Strahlen der Mittagssonne fingen an, über das Dorf zu züngeln. Die Atmosphäre im Saal wurde stickig, durchdrungen von menschlichen Säften und der Feuchtigkeit der Körper. Starker Schweißgeruch verhinderte, dass die Anwesenden das bittersüße Aroma wahrnahmen, das den raschen Verfall des Leichnams anzeigte. Sie bemerkten es nicht, bis ein Dutzend grünlicher Fleischfliegen auftauchten und sich auf die Rinnsale aus geronnenem Blut setzten, die sich an den Mattenrändern entlangschlängelten.

»Sie zieht schon die Fliegen an«, bemerkte Jacinto Cruz.

Justino Téllez trat zu dem Schlachter.

»Was sollen wir tun?«, fragte er ihn.

Jacinto Cruz zog die Nase kraus, um besser riechen zu

können und so den Grad der Verwesung, in dem sich der Körper befand, zu bestimmen.

»Man muss sie möglichst bald präparieren und in eine Kiste legen«, sagte er seelenruhig, »denn sie ist schon mehr drüben als hüben.«

»Sie präparieren« bedeutete in Loma Grande, sie ankleiden, kämmen, schminken, in den Sarg legen, kurz Abschied nehmen, den Segen geben und ab ins Grab. Im Sommer gären die Toten zu schnell. Doch konnte man so nicht vorgehen. Evelia war noch immer nicht mit den Eltern von Adela da. Man musste warten und unterdessen den Leichnam vor dem Verfall bewahren.

Nach längerem Hin und Her erwähnte jemand die Möglichkeit, den Körper auf Eis zu packen. Im Dorf gab es nur zwei Leute, die welches verwendeten: Lucio Estrada, um den Fisch haltbar zu machen, und Ramón, um Cola und Bier zu kühlen. Lucio fand die Idee nicht gut. Bei der Hitze würde das Eis schnell schmelzen, und vermischt mit dem Blut wäre das Einzige, was es bewirken würde, Gestank und Unmengen von Fliegen. Ramón gefiel die Idee ebenfalls nicht. Ihm wurde schon dabei schwindlig, sich Adela gekühlt wie ein Erfrischungsgetränk vorzustellen.

Die Idee mit dem Eis wurde verworfen. Tomás Lima, der irgendwann einmal als Apothekenhelfer in Tampico gearbeitet hatte, schlug vor, dem Körper Formalin zu spritzen. »Damit hält er sich«, versicherte er. Allerdings war das einzig auffindbare Formalin in Loma Grande das von der Lehrerin Margarita Palacios, das sie zum Konservieren von Hasenembryonen verwendete, die sie in einem leeren Mayonnaiseglas aufbewahrte.

Es war ziemlich unwahrscheinlich, dass die Lehrerin ihnen ihren Vorrat überlassen würde. Abgesehen davon, dass sie wegen des Durcheinanders, das man in ihrer Schule angerichtet hatte, beleidigt war, stellten die eingelegten Föten ihr wichtigstes Werkzeug dar, um im Biologieunterricht die Evolutionstheorie von Darwin zu erläutern.

»Seht her, sie sehen aus wie Fische«, sagte sie zu ihren Schülern, während sie den Glasbehälter schüttelte. Dann blähte sie ihre Pausbacken auf und rief aus: »Doch aufgepasst, es sind Hasen.« Und sie lächelte zufrieden über das, was sie für einen exakten Nachweis der These des alten Charles hielt.

Nein, die Lehrerin würde ihr Formalin nicht der Toten opfern, die in ihrem Klassenzimmer im Weg war, und selbst wenn sie es täte, wäre es zu wenig. Es würde kaum für vier Injektionen reichen, und man benötigte über drei Liter, um den Leichnam haltbar zu machen. Tomás Lima schlug daraufhin vor, sechsundneunzig-prozentigen Alkohol zu nehmen.

»Wer hat Alkohol?«, fragte Justino Téllez mit erhobener Stimme.

Zwei Frauen antworteten »Ich«, und beflissen gingen sie nach Hause, um ihn zu holen. Kurze Zeit später kam Martina Borja mit einem halben Liter in einem weißen Plastikbehälter zurück. Conradia Jiménez kehrte mit der Überlegung wieder, ob wohl das bisschen, das sie aufbewahrt hatte, ihr Mann während einer seiner heftigen Besäufnisse getrunken hatte.

Ein halber Liter genügte nicht. Justino Téllez ließ nicht locker: »Hat noch jemand Alkohol?«

Sotelo Villa erinnerte sich, dass er zwischen seinem Plunderkram eine Flasche gesehen hatte. Es war zwar kein Alkohol, aber immerhin Wasserstoffperoxid.

»Nützt das?«, fragte er.

Tomás Lima dachte einen Augenblick nach.

»Besser als nichts«, gab er zur Antwort.

So kam es, dass Sotelo Villa die Flasche mit dem Wasserstoffperoxid brachte, Guzmaro Collazos ein wenig Anilin und Prudencia Negrete ein Fläschchen Desinfektionsmittel.

Tomás Lima verzog das Gesicht.

»Was ist?«, fragte Justino.

»Es genügt noch nicht«, bemerkte er.

Ein paar machten sich auf den Weg in der Hoffnung, in ihren Häusern irgendein Mittelchen oder Medikamente zu finden, die zum Injizieren geeignet waren, doch sie kamen mit leeren Händen zurück.

Torcuato Garduño, der den ganzen Morgen demonstrativ schweigend in einer Ecke gestanden hatte, schlug vor: »Und wenn wir ihr Schnaps spritzen?«

Justino blickte ihn wütend an. Er wollte ihn gerade zurechtweisen, als Tomás Lima nachdenklich erklärte: »Vielleicht funktioniert es, Alkohol ist es ja auch.«

»Na dann«, sagte Torcuato lächelnd. Zwischen seinen Kleidern holte er ein Krüglein hervor und reichte es Tomás. Der nahm es vorsichtig entgegen, öffnete es, roch daran und nahm einen tiefen Schluck.

»Donnerwetter«, sagte er beeindruckt, »dieser Rum ist vom Feinsten, ich fürchte, der ist brauchbar.«

3

Sie mischten den sechsundneunzig-prozentigen Alkohol mit dem Wasserstoffperoxid, dem Rum aus verschiedenen Krügen und dem Desinfektionsmittel in einem Emaillekochtopf. Als das Gebräu fertig war, blieb noch zu klären, mit welchem Werkzeug man dem Leichnam die Injektionen geben sollte. Amador Cendejas brachte eine Einwegspritze mit verrosteter Nadel bei, die er halb vergraben in einem seiner Ställe gefunden und mit der er vor ein paar Monaten seine Ziegen geimpft hatte. Ethiel Cervera stellte ein vergilbtes Biologiebuch mit Anatomiezeichnungen des menschlichen Körpers zur Verfügung, um Venen und Arterien leichter zu finden. Jetzt musste noch bestimmt werden, wer Adela die Injektionen verabreichte.

»Willst du ihr nicht die Spritzen geben?«, fragte Justino Tomás vorsichtig.

»Nein, Mann, ich hab Schiss, Ramón soll ihr die Spritzen geben, sie war seine Freundin.«

Kaum dass er Ramón angeblickt hatte, wusste Justino, dass der Junge die Spritze nicht einmal halten konnte.

Justino trug die Aufgabe mehreren an, doch wichen sie eilig aus. »Nein, ich nicht, ich hab zittrige Hände« – »Und wenn ich mich selbst steche?« – »Nein, Ramón könnte böse werden.« Unter dem Ansturm von Ausreden blieb nichts anderes übrig, als auf Torcuato Garduño selbst zurückzugreifen, den alle im Dorf für tollpatschig und unbeherrscht hielten.

Trotz seines Rufs legte Torcuato erstaunliches Geschick im Umgang mit der Leiche an den Tag. Durch den Stoff hindurch und ohne einen Zentimeter nackte Haut offen zu legen, setzte Torcuato dem Körper die Injektionen mit außerordentlichem Fingerspitzengefühl und Geschick. Indem er Schritt für Schritt den Zeichnungen aus dem Biologiebuch folgte, stach er nach Augenmaß mit der Nadel zu, wobei er die richtigen Blutbahnen fand, um die Mischung zu verabreichen.

Er brauchte mehrere Minuten, während ihm dutzende

wachsamer Augenpaare bei seiner heiklen Aufgabe zuschauten. Als er fertig war, richtete er sich schweißgebadet auf, übergab Tomás die Spritze und rieb sich die Augen.

»Die fühlt sich saumäßig wohl«, sagte er mit bleichem Gesicht und trockener Zunge.

In der Luft hing ein süßer Geruch nach Alkohol, Rum, Tod und Schweiß.

Die Neuen

1

Um vier Uhr nachmittags entdeckte man schließlich Evelia. Staubig und erhitzt tauchte sie mit Adelas Eltern auf: einer Frau in den Fünfzigern, hager und mit sonnengegerbtem Gesicht, und einem großen alten Mann mit hellen Augen.

Sie erreichten die Schule und betraten den Saal. Die Frau eilte zu dem Leichnam, und angsterfüllt deckte sie ihn langsam auf. Als sie das Gesicht erblickte, stieß sie einen Schrei aus. Der Alte, als er die Reaktion seiner Frau sah, trat zu dem Körper, schloss die Augen und weinte still vor sich hin.

Nur wenige im Dorf kannten die Eltern von Adela und Adela selbst. Sie gehörten zu den »Neuen«, den zwanzig oder dreißig Bauern, die auf Veranlassung der Regierung nach und nach aus entfernten Gegenden nach Loma Grande gekommen waren: aus Jalisco, Tuanajuato und Michoacán, um den Grund und Boden zu beackern, den man Drogenhändlern enteignet und zu Gemeindeweiden erklärt hatte. Die alteingesessenen Bewohner von Loma Grande ließen sie nicht an ihrem Leben teilhaben. Sie hielten sie für Eindringlinge, für gesinnungslose Fremde, die sich Ackerland unter den Nagel rissen, das ebenso ihres hätte sein können. Die Neuankömmlinge – die meisten von ihnen aus einfachsten Verhältnissen und streng erzogen – trauten den Bewohnern von Loma Grande, deren Lebensgewohnheiten ihnen freizügig und seltsam vorkamen, ebenfalls nicht. So lebte jeder für sich.

Ob neu oder nicht, Adelas Eltern erregten bei allen Mitleid. Die Mutter, neben dem Leichnam ihrer Tochter auf dem Fußboden ausgestreckt, schluchzte mit ersticktem Wehklagen. Auf Knien sank der Vater gebrochen in sich zusammen.

Über dem Saal schwirrte ein Gemenge aus Schweigen und Hitze, eine dichte stumme Dunstwolke. Es gab nicht einen, der geradeaus schaute. Nur verstohlene Blicke.

Unmerklich gab Justino Evelia ein Zeichen, dass sie näher kommen solle.

»Warum hast du so lange gebraucht?«, wollte er mit leiser Stimme wissen.

Evelia keuchte, als hätte sie große Strapazen hinter sich gebracht.

»Sie waren nicht zu Hause«, antwortete sie, »ich fand sie auf dem Bernal, Kaktusfeigen schneiden.«

Der Bernal war der einzige Berg in der Gegend. Um dorthin zu gelangen, musste man fünf Kilometer durch Waldschneisen, über Steilhänge und durch Gestrüpp laufen.

»Sie wollten mir nicht glauben«, fuhr Evelia fort, »ich hatte Mühe, sie zu überreden hierherzukommen … Sie versicherten mir, dass Adela noch im Bett lag, als sie zum Berg aufbrachen.«

»Schlafend?«, fragte Justino nachdenklich.

»Ja«, bestätigte Evelia.

»Und wann sind sie von zu Hause weggegangen?«

Die Umstehenden hörten Evelia aufmerksam zu. Sie hatte den Ruf, eine bedächtige Frau zu sein, die dem Verbreiten von Lügengeschichten gemeinhin abgeneigt war. Was sie erzählte, wurde als glaubwürdig und wahr angesehen. Evelia wusste das, deswegen machte sie keine großen Worte, sondern sagte nur knapp: »Man hat das einzige Kind ermordet, das sie noch hatten.«

Der Satz machte unter den Anwesenden flüsternd die Runde. Als sie davon erfuhren, begannen ein paar von ihnen – die wenigsten – sich dafür zu schämen, dass sie sich an fremdem Leid geweidet hatten, und verließen das Klassenzimmer. Für andere wuchs mit der Nachricht der Reiz, bis zum Schluss dabei zu sein.

2

Die unerwarteten Beileidsbezeugungen, die vielsagenden Blicke, die behutsame Anteilnahme, die lästigen Fragen formten sich in Ramón zur Gewissheit. Das war kein Scherz mehr und auch kein Gerücht, was über seine Beziehung zu Adela erzählt wurde, sondern eine neue und unumstößliche Wahrheit, die zu widerlegen ihn von Mal zu Mal mehr Mühe kostete. Adela verwandelte sich für ihn in eine Falle und in ein Geheimnis. Seine Erinnerungen an sie wurden verworren. Eins nach dem anderen reihten sich die Bilder von ihr aneinander: Adela, bekleidet mit einer weißen Bluse und einem gelben Rock, wie sie im Laden Petersilie kauft. Adela, wie sie in den Straßen des Dorfes verschwindet. Adela nackt, am Boden liegend und stumm in der Stille des Hirsefelds. Adela, die ermordete Tochter, Adela blutbesudelt, Adela, wie sie ihn mit ihrem Blut besudelt. Adela widergespiegelt im Gesicht ihres Vaters und im Schmerz ihrer Mutter. Adela, Adela, Adela. Die er gerochen und an sich gedrückt hatte. Adela, die Angst vor Adela, die Liebe zu Adela. Wer war Adela?

Ramón war so versunken, dass er gar nicht bemerkte, dass sich Adelas Mutter aufgerichtet hatte und entschlossen auf ihn zuging. Er bemerkte sie erst, als er ihren Atem spürte. Da schaute er in das nasse und faltige Gesicht, das ihn forschend anblickte. Ihm wurde mulmig, und sie schien es zu bemerken, denn ihr Blick wurde weicher, und freundlich sagte sie zu ihm: »Adela hat dich sehr geliebt ...«

Der Satz traf Ramón wie ein dumpfer Schlag. Er wünschte sich, von dort zu verschwinden, Adela mit ihrem Verwesungsgeruch und die Lügen über ihre Liebschaft hinter sich zu lassen, Adelas Mutter zu beschimpfen, sie wegzustoßen und sie anzuschreien, dass sie ihn in Ruhe lassen solle, zu fliehen vor dem gedämpften Stimmengewirr, das ihn umgab, die Farce zu beenden, herauszuschreien, dass nichts, aber auch gar nichts von dem stimmte, was über ihn und Adela erzählt wurde. Doch mit matter Stimme, die ihm fremd vorkam, sagte Ramón: »Ich auch, Señora, ich hab sie auch sehr geliebt.«

3

Natalio Figueroa und seine Frau, Clotilde Aranda, waren vor sechs Monaten nach Loma Grande gekommen. Sie kamen aus einem Dorf mit Namen San Jerónimo, in der Nähe der Stadt León Guanajuato. Adela war das jüngste ihrer fünf Kinder gewesen, die nun alle tot waren. Der älteste war mit vier Jahren in ihren Armen an der Ruhr gestorben. Der zweite hatte sich mit elf Jahren das Genick gebrochen, als er von einem durchgegangenen Pferd stürzte. Die dritte ertrank mit vierzehn, als sie zusammen mit dem Jungen, mit dem sie ein paar Tage zuvor durchgebrannt war, den Rio Bravo durchqueren wollte. Dem vierten blies kurz vor seinem neunten Geburtstag eine verirrte Kugel den Kopf weg, als er an einer Kneipe vorbeiging, in der zwischen Betrunkenen ein Streit ausgebrochen war.

»Wir wissen nicht, wer Adela erstochen hat«, sprach Justino, »aber wir werden es bald herausfinden.« Natalio hörte ihm zu, ohne ihn anzuschauen. Er holte mühsam Luft und konnte nicht fassen, was geschehen war.

Natalio wusste, dass früher oder später der Name des Mörders im Dorf die Runde machen würde. Im Moment hatte er andere Sorgen, als den Umständen des Verbrechens nachzugehen.

»Kann man nicht irgendwie einen Priester rufen?«, fragte er verzagt. »Ich möchte, dass er meiner Adela den Segen gibt.«

Justino betrachtete ihn bedauernd. Nein, da war nichts zu machen. Der nächste Priester lebte in Ciudad Mante, und es bestand keine Aussicht hinzufahren. Die beiden einzigen Lieferwagen, die es in Loma Grande gab, waren nicht fahrtüchtig, und der Lastwagen kam nur Dienstag- und Donnerstagnachmittag durch das Dorf. Mit dem Pferd war der Weg zu weit und zu anstrengend, allein der Hinweg mindestens zehn Stunden. Unmöglich, den Priester herzuholen. Justino erwähnte Natalio gegenüber nichts davon. Er sagte zu ihm: »Es holt gleich jemand einen«, und er schickte statt dessen jemanden zu den beiden Evangelisten, die in der Genossenschaft Pastores wohnten.

»Letztendlich sind sie so etwas wie Priester«, dachte er, »auch sie beten und segnen.«

Die Evangelisten hießen Rodolfo Horner und Luis Fernando Brehm. Beide stammten von deutschen Kaufleuten ab, die zu Beginn des Jahrhunderts in das Land gekommen waren. Sie sahen aus wie Vater und Sohn, waren es aber nicht. Jeden Sonntag kamen sie zum Predigen nach Loma Grande. Sie tauchten am frühen Morgen auf und schlugen Trommeln und Tamburine. Zwischen den Trommelschlägen sagten sie Gebete auf, mit denen sie die Sünder dazu aufriefen, ihre bösen Taten zu bereuen. Das erste Mal, als sie im Dorf erschienen, in dem nur eine Handvoll Bewohner mehr als einmal im Leben an einem Gottesdienst teilgenommen hatte und außer dem Vaterunser kaum jemand ein anderes Gebet kannte, hörten ihnen die Menschen mit Respekt und Höflichkeit zu. Ein paar, sichtlich bewegt, schenkten ihnen Schweine, Hühner und Truthähne. Andere, in der Hoffnung, ewige Vergebung zu erlangen und sich den Gang in das Fegefeuer zu ersparen, beichteten ihnen ihre Sünden. Die Evangelisten hörten ihnen bedächtig zu, wobei sie erklärten, dass sie keine Beichte abnähmen und dass sie sich diese nur anhörten, um den Gläubigen Erleichterung zu verschaffen, und nicht, weil sie es für notwendig hielten.

Mit der Zeit fingen die Evangelisten an, die Sünder zu schelten und ihnen harte Gottesstrafen anzudrohen. Die Dorfbewohner ärgerten sich darüber und beschlossen, ihnen eins auszuwischen: Tomás Lima beichtete ihnen, dass er rein aus Spaß acht Menschen getötet hätte; Torcuato Garduño plauderte über die verschiedenen Geschmäcker von Menschenfleisch und Gertrudis Sánchez versetzte sie mit dem detaillierten Bericht über die Dreiecksbeziehung, die sie mit ihrem Vater und ihrem Bruder unterhielt, in Erregung.

Es dauerte eine Weile, bis sie den Schabernack durchschauten. Als sie es bemerkten, wurden sie wütend. Sie verstärkten ihre Drohungen und wurden im Dorf nur noch mehr verspottet. Das hielt sie nicht davon ab, weiterhin an den Sonntagen in Loma Grande zu predigen. Und wenn sie ausgerechnet an dem Sonntag von Adelas Ermordung nicht im Dorf erschienen waren, lag es daran, dass Rodolfo Horner, den jüngeren der beiden, ein Skorpion gestochen hatte.

Als Pascual Ortega persönlich bei ihnen vorsprach, um sie an ein Totenbett zu bringen, waren sie überglücklich. Es war das erste Mal, dass sie gebeten wurden, an einer religiösen Zeremonie teilzunehmen. Am Ende trug das unermüdliche Wirken und die Bereitschaft, jeden Tag aufs Neue Ablehnung, Spott und Fußmärsche in der brennenden Sonne zu ertragen, Früchte. Als sie jedoch erfuhren, dass sie bei einer Frau, die unter zwielichtigen Umständen umgekommen war, ihres Amtes walten sollten, machten sie einen Rückzieher. Sie wünschten nicht, in die Schwierigkeiten anderer hineingezogen zu werden. Sie versuchten, sich aus der Affäre zu ziehen, indem sie behaupteten, dass Rodolfo immer noch geschwächt sei von dem Stich und dass sich sein Zustand verschlimmern könnte, wenn er ritt.

»Das Gift könnte ihm in den Kopf steigen«, erklärte Luis Fernando.

Pascual lächelte ironisch. Nichts als Lügen. Er war über zehn Mal von einem Skorpion gestochen worden, und er wusste, dass außer einem Gefühl, als würde man Haare schlucken, das ein paar Stunden anhielt, und einer Entzündung an der Stichstelle, die innerhalb einer Woche verschwand, nichts Schlimmes geschah.

Pascuals spöttisches und provozierendes Benehmen machte den Evangelisten klar, dass ihr Vorwand nicht gerade überzeugend war. Sie hatten die Wahl, den Abend damit zu verbringen, sich Ausreden auszudenken oder nach Loma Grande zu gehen und ihre Pflicht so unauffällig wie möglich zu erfüllen, um nicht in die Mordgeschichte hineingezogen zu werden.

Sie verließen die Genossenschaft Pastores, als der Abend hereinbrach. Pascual Ortega führte sie auf dem kürzesten Weg nach Loma Grande. Es war der, der über das Hirsefeld führte, auf dem man Adela ermordet hatte. Als sie an der Stelle vorbeikamen, wies Pascual mit einer Kinnbewegung auf einen dunklen Fleck, der in der Dämmerung nicht genau zu erkennen war.

»Da hat man sie umgebracht«, bemerkte er. Die Evangelisten duckten sich in ihre Sättel und murmelten ein paar Gebete, in denen sie um die Rettung ihrer Seele baten.

Bei Einbruch der Dunkelheit erreichten sie das Dorf. Weder auf den Straßen noch in der Schule begegneten sie jemandem. Man hatte Adelas Leichnam in das Haus ihrer Eltern gebracht.

Ein schwarzer Rock und eine blaue Bluse

1

Ramón betrat das Haus von Natalio Figueroa und Clotilde Aranda und schaute sich um. Es war eine ärmliche Behausung: vier Lehmwände und ein Dach aus Palmblättern. Ein einziger Raum ohne Trennwände. In der Mitte ein Herd. An den Wänden eine Pritsche und ein Bett. Ein Tisch und drei Stühle. Teller aus bläulichem Zinn. Tassen aus rotem Plastik. Fettige Pfannen. Geruch nach Verbranntem. Ein großer Schrank aus rohem Holz. Bilder der Jungfrau von Guadalupe und dem Jesuskind. Petroleumdochte in Nescafégläsern. Zwei Fenster: eines in Richtung Norden, das andere in Richtung Süden. Zwei lumpige Fetzen als Vorhänge. Ein verschlissenes Bettlaken als Leichentuch, und Adela lag auf der Pritsche, auf der sie zuletzt erwacht war.

Natalio zog einen Stuhl heran und bot ihn Ramón an. Ramón bedankte sich für die aufmerksame Geste, machte eine Bewegung, als wollte er sich setzen, und blieb schließlich doch stehen.

Auf den beiden anderen Stühlen nahmen Justino und Evelia Platz, während Clotilde Aranda es sich zwischen den Kissen auf dem Bett bequem machte. Nur diese fünf hielten sich im Haus auf. Die anderen standen draußen zusammengedrängt um den kleinen Vorgarten, der das Haus umgab.

»Kaffee?«, fragte Natalio, ohne sich an jemanden Bestimmten zu wenden. Justino und Ramón lehnten ab.

Evelia, erschöpft vom vielen Laufen und weil sie seit dem Morgen nichts mehr gegessen hatte, nahm an.

Clotilde Aranda erhob sich, um den Kaffee zu machen. Sie wischte sich die Tränen ab und trottete zum Herd. Sie stellte einen Tontopf in die noch glimmende Kohlenglut und blies hinein, um sie anzufachen. Sie wartete, die Augen starr auf die Brühe gerichtet, die langsam zu köcheln begann, während die anderen ihr schweigend dabei zusahen.

Der Kaffee begann zu dampfen, aber Clotilde rührte sich nicht. Natalio rüttelte sie sanft, um sie aus ihrer Versenkung zu holen. Die Frau schreckte hoch.

»Was ist los?«

Natalio streckte eine seiner knochigen Hände aus und zeigte auf den Herd.

»Der Kaffee ... Er ist fertig.«

Clotilde starrte den Topf an, ließ den Kopf hängen und begann zu seufzen: »Adela ... meine Adela ...«

Natalio legte den Arm um sie, führte sie zum Bett und half ihr, sich hinzulegen.

Ramón hatte das Gefühl zu ersticken. Mit ihrem Verwesungsgeruch raubte Adela dem engen Raum die Luft.

»Möchtest du keinen Kaffee?«

Ramón blickte in die Richtung, aus der die Stimme kam, und sah die Tasse, die Natalio vor ihm balancierte. Nein, er wollte keinen Kaffee. Er wäre am liebsten abgehauen, davongerannt, hätte sich gerne in Luft aufgelöst. Nichts wie weg von Adelas furchtbarem Leichnam.

»Danke«, sagte er und nahm die glühend heiße Tasse. Er trank einen Schluck und setzte sich auf den Stuhl, den Natalio ihm zuvor angeboten hatte.

2

Nachdem sie eine Zeit lang geschluchzt hatte, fing sich Clotilde wieder und machte sich daran, die Kleider zusammenzusuchen, die sie Adela für das Begräbnis anziehen wollte. Sie öffnete den Schrank und sah ihn sorgfältig durch. Sie nahm zwei Blusen heraus und fing noch einmal von vorn an, als könnte sie etwas nicht finden. Verzweifelt räumte sie den Schrank aus und nahm jedes einzelne Stück unter die Lupe. Als sie damit fertig war, biss sie sich auf die Lippen und wandte sich zu ihrem Mann.

»Ihr schwarzer Rock und ihre blaue Bluse fehlen«, sagte sie niedergeschlagen.

Es waren Adelas beste Sachen, ihre liebste Aufmachung. Sie hatte sie lediglich zu zwei Anlässen getragen, die für sie von besonderer Bedeutung gewesen waren: Das erste Mal, als sie fünfzehn wurde und man in San Jerónimo das Debütantinnenfest der Fünfzehnjährigen veranstaltet hatte, und das zweite Mal, als sie in ihrem Heimatdorf das Abschlusszeugnis der Volksschule überreicht bekam. Bis zu diesem Sonntag hatte sie die Sachen nicht wieder angehabt.

Clotildes Kummer verschlimmerte sich, als sie den schwarzen Rock und die blaue Bluse nicht finden konnte. Sie hatte vorgehabt, sie ihrer Tochter für das Begräbnis anzuziehen. Bekümmert beugte sich die Frau in den leeren Schrank und ließ den Kopf hin- und herwandern.

Natalio trat zu seiner Frau. Er hob das Häufchen Kleider auf, das auf dem Boden lag, und fischte eine weiße Bluse und einen gelben Rock heraus.

»Zieh ihr das an.«

Clotilde nahm die Kleidungsstücke entgegen wie jemand, der etwas sehr Wertvolles erhält, drückte sie an die Brust und streichelte sie fortwährend.

Im Halbdunkel konnte Ramón erkennen, was die Frau zwischen ihren Händen hielt, und ein eisiger Schauer fuhr ihm bis ins Mark: Es waren die gleichen Kleidungsstücke, in denen er Adela an jenem Nachmittag zum ersten Mal gesehen hatte.

Und wieder tauchte Adela, die andere Adela, vor seinen Augen auf. Die mit den hellen Augen, dem lebhaften Blick, dem glatten Hals, der etwas rauen Stimme und dem beinahe unhörbaren Lachen. Dann wieder die zerbrechliche, nackte, stumme Adela und er, wie er sie umschlang, und sie, wie sie ihn verschlang. Und Adela und der schreckliche Leichnam, der Adela war. Und Ramón und die beiden Adelas und die tote Adela, viel zu tot.

3

Clotilde Aranda konnte es nicht. Sie konnte der aufgedunsenen Masse aus Fleisch und Knochen, die sie einmal Tochter geheißen hatte, nicht gegenübertreten. Sie wagte es nicht, sie anzuschauen und schon gar nicht, sie zu berühren. Sie brachte es nicht fertig, sie anzuziehen. Unmöglich, ihre zerzausten Haare zu kämmen. Unmöglich, sie herauszuputzen, um das Todeslächeln auf ihrem Gesicht zu verschleiern. Ergeben schaute Natalio seine Frau an. Sie hatte die schwere Aufgabe, ihre anderen toten Kinder anzukleiden und vorzubereiten, perfekt erfüllt. Aber Adela zum Begräbnis anzukleiden, bedeutete, ein Stück ihrer selbst begraben zu müssen, das letzte Stückchen Hoffnung, das ihr geblieben war.

Schweigend nahm Natalio seiner Frau die weiße Bluse

und den gelben Rock aus den Händen und reichte sie Evelia. Evelia begriff augenblicklich, und obwohl sie zu müde war, hatte sie nicht den Mut abzulehnen. Sie nahm die Kleidungsstücke, senkte die Augenlider und fragte: »Welche Schuhe ziehe ich ihr an?«

Natalio wandte sich fragend an seine Frau. Clotilde schüttelte den Kopf; Adela besaß nur ein paar Schuhe, und sicher hatte sie diese am Morgen angezogen.

»Sie hat keine«, antwortete die Mutter beschämt.

Evelia wurde mit dem Leichnam allein gelassen. Sie setzte sich an den Rand der Pritsche, nahm einen letzten Schluck Kaffee, raufte sich die Haare und seufzte. An einem Zipfel ergriff sie das Bettlaken, das Adela bedeckte, und schlug es langsam zurück. Ohne das Leichentuch verströmte der nackte Körper einen penetranten Geruch. Evelia spürte ein Kribbeln in der Nase und hielt sie sich mit einer Hand zu, um es zu unterdrücken. Der plötzliche Gestank verflüchtigte sich rasch in der Dunkelheit und hinterließ einen schwachen Essiggeruch im Raum. Die Haut der Toten, ausgetrocknet von dem Gebräu, das man ihr gespritzt hatte, ähnelte Pappmaché. Arme und Beine waren von violetten Streifen überzogen. Trotzdem hatte das Gesicht einen heiteren Ausdruck angenommen, so als würde Adela sich endlich von der Hetzjagd, die sie selbst heraufbeschworen hatte, erholen.

Evelia wandte den Blick ab, damit sie der Leichnam nicht aus der Fassung brachte. Sie versuchte, an etwas völlig anderes zu denken, aber es gelang ihr nicht. Der Tod war allgegenwärtig. Sie musste feststellen, dass sie Adela allein nicht herrichten konnte. Mit den Armen stieß sie sich ab, um sich zu erheben. Sie blieb stehen, ließ mehrmals die Schultern kreisen und trat an die Tür.

Natalio eilte herbei.

»Fertig?«, fragte er nervös.

»Nein, noch nicht ... ich brauche jemanden, der mir hilft.«

Evelia trat einen Schritt vor, und ihre Augen glitten über dutzende von Schatten, die sie umgaben. Bedächtig ließ sie ihren Blick umherwandern. Am Maschendrahtzaun des Vorgartens entdeckte sie die Silhouetten von Astrid Monge und Anita Novoa, zwei Mädchen, die gleich nebenan wohnten und die sie seit ihrer Kindheit kannte. Beide hatte sie ein paar Mal mit Adela gesehen.

Evelia rief sie zu sich, und neugierig kamen sie näher.

»Wollt ihr mir helfen, die Tote anzuziehen?«, fragte sie das in der Nacht erloschene Gesichterpaar.

Ein paar Sekunden lang hörte man nur den gleichmäßigen Atem der Mädchen, die mit der Antwort zögerten.

»Ich nicht«, antwortete Anita kurz und bündig.

Evelia blickte zu Astrid und konnte in der Dunkelheit ein leichtes Kopfnicken ausmachen.

4

Schweigend betraten sie das Haus. Im trüben Licht der Petroleumbrenner betrachtete Astrid den auf der Pritsche liegenden Leichnam. Ein Haufen Fliegen hatte sich auf Adelas halb geöffneten Augen niedergelassen, um ihre letzten Tränen zu trinken. Astrid spürte eine klebrige Übelkeit in sich aufsteigen, die ihren Gaumen reizte. Sie hätte gerne ausgespuckt, nicht nur ihren Ekel, sondern auch ihre Wut. Wut auf die Fliegen, auf die Totenstille, auf Adelas starre Reglosigkeit.

Evelia wedelte mit einem Lappen, um die Fliegen zu verscheuchen, doch diese schwirrten nur kurz durch die Luft und setzten sich dann wieder auf die Augen der Toten.

»Hilf mir, sie aufzurichten«, bat sie Astrid.

Astrid biss die Zähne zusammen und ballte die Fäuste, um Mut zu schöpfen. Sie gab sich einen Ruck, und ganz vorsichtig schob sie die Hände unter Adelas Rücken. Kaum hatte sie die runzlige Haut gestreift, als ihr klar wurde, dass es etwas vollkommen anderes war, den Tod zu berühren als ihn zu betrachten. Sie entdeckte, dass das dort nicht Adela war, wenigstens nicht die Adela, die sie vor wenigen Monaten kennen gelernt und mit der sie eine enge Freundschaft geschlossen hatte. Nicht die Adela, mit der sie sich unterhalten, mit der sie gelacht und Geheimnisse ausgetauscht hatte. Nicht die Adela mit dem klaren Blick. Nein, diese Kreatur aus Pappe und Kleister war nicht Adela.

»Heul nicht«, sagte Evelia liebevoll bei ihrem verstörten Anblick, »sonst fang ich auch an zu heulen, und dann ist niemand da, der sie anzieht.«

»Es geht schon«, antwortete Astrid traurig, »ich kann mich nur nicht an diesen Anblick gewöhnen.«

Evelia zeigte ihr die Bluse.

»Wir müssen uns beeilen.«

Astrid streichelte Adelas Haar.

»Vor ein paar Tagen bat sie mich, ihr einen Zopf zu flechten«, sagte sie traurig.

In der Ferne hörte man das Klopfen eines Hammers.

»Sie war verliebt«, flüsterte sie und hörte nicht auf, sie zu streicheln.

»Verliebt in wen?«, wollte Evelia wissen.

»Ich weiß nicht.«

»In Ramón?«

»Schon möglich … Ich weiß nicht …«

Astrid hatte aufgehört, sie zu streicheln. Mit zusammengepressten Lippen unterdrückte sie die Tränen, und beherzt richtete sie den Körper aus Pappmaché auf, um ihn anzuziehen.

Jacinto Cruz war mit dem Hämmern fertig, und mit einer Haifischhaut schmirgelte er das Innere der Kiste aus. Den Sarg hatte er aus den restlichen Holzbrettern des leer stehenden Hauses gezimmert, in dem Jeremías Martínez die letzten Jahre seines Lebens verbracht hatte. Ein Großteil der in Loma Grande benötigten Särge stammten von dem Haus.

Pascual kam mit dem Karren, der den Sarg transportieren sollte. Er sprang mit einem Satz herunter und wandte sich an Jacinto.

»Die Priester hab ich schon geholt«, sagte er und meinte die Evangelisten, »und die Tote ist bereits angezogen und hergerichtet. Es fehlt nur noch die Kiste.«

»Und das Ausheben des Grabs«, fügte Jacinto hinzu.

Pascual lächelte unfreiwillig. Er ging um den Sarg herum und nahm ihn eingehend unter die Lupe.

»Hör mal, ist der nicht zu klein?«

Jacinto betrachtete sein Werk und schüttelte den Kopf.

»Nein, die Größe ist genau richtig.«

Pascual machte zwei Schritte.

»Er ist zwei Schritte lang«, sagte er, »und das Mädchen war nicht so groß.«

Jacinto blickte in den mondlosen Himmel und wandte sein Gesicht langsam wieder Pascual zu.

»Man sagt, je mehr die Toten sterben, desto größer und breiter werden sie.«

»Ja, so sagt man«, murmelte Pascual. Er packte den Sarg an der einen Seite und machte Jacinto ein Zeichen, ihn gemeinsam hochzuheben.

Der Mörder

1

Sie begruben Adela auf dem alten Friedhof, am Ufer des Guayalejo, nicht weit von der Stelle entfernt, an der sie ermordet worden war. Sie hoben das Grab tief aus, um zu verhindern, dass es bei Regenfällen von den steigenden Wassermassen weggeschwemmt würde. Für viele war es das traurigste Begräbnis, an dem sie je teilgenommen hatten, schlimmer noch als das Begräbnis von Doña Paulita Estrada oder Don Refugio López, den Gründern des Dorfes.

Angesteckt von der herrschenden Betäubung, beschränkten sich die Evangelisten darauf, einen knappen Abschied und einen kurzen Segen zu sprechen. Nach der Zeremonie teilten sich die Menschen in Grüppchen auf und gingen auf den dunklen, von Pflanzen überwucherten Wegen nach Loma Grande zurück.

Die meisten Männer folgten Ramón zum Laden. Es gab noch einiges zu klären, und das ging am besten bei einem kalten Bier.

Ramón wusste genau, dass der Abend für ihn gerade erst anfing. Er steckte so tief in dieser angeblichen Liebesgeschichte, dass es kein Zurück mehr gab und er die Romanze nicht hätte abstreiten können, ohne als Feigling oder Schwächling zu gelten. Von nun an musste er mit dieser falschen Vergangenheit leben, als hätte sie tatsächlich stattgefunden.

2

In Loma Grande ging man die Dinge nicht auf direkte oder resolute Weise an, nicht einmal ein Verbrechen. Zuerst gab es eine Reihe belangloser Unterhaltungen, in denen der Kern der Sache langsam eingekreist wurde. Aus diesem Grund fragte Justino Téllez, nachdem er einen Schluck Bier genommen hatte, um die Kehle zu erfrischen, Lucio Estrada nach dem Preis, den die Genossenschaft für die Tonne Hirse bezahlte.

»Dreihundertfünfzigtausend Pesos«, antwortete Lucio sichtlich verärgert.

»Zum Kotzen ist das«, rief Macedonio Macedo, »bei diesen Preisen lohnt sich das Ernten nicht.«

»Damit kann man nicht einmal die Saat bezahlen«, mischte sich Torcuato Garduño ein.

»Und erst recht nicht die Miete für die Dreschmaschinen«, fügte Amador Cendejas hinzu.

»Deswegen säe ich nicht mehr«, sagte Ranulfo Quirarte, dem sie wegen seiner Gesprächigkeit den Spitznamen »La Amistad« – Freundschaft – gegeben hatten und der dem Verkauf von Wild nachging, das er nachts erlegte, indem er es von seinem Fahrrad aus blendete und aus dem Hinterhalt mit einer doppelläufigen Flinte Kaliber 16 erschoss.

»Wir säen auch nicht mehr«, versicherte Melquiades, der jüngere Bruder von Lucio und Pedro Estrada, »wir gehen jetzt ins Fischerei-Bisnes.«

»Wir haben schon vier Schleppnetze gekauft, um sie in das Gestrüpp am Wehr zu hängen«, ergänzte Lucio.

»Da gibt es ne Menge Seebarben, stimmts?«, erkundigte sich Justino Téllez.

»Ja, ziemlich viele«, bestätigte Melquiades, »vergangene Woche haben wir zweihundert Kilo rausgeholt.«

»Und filetiert ihr sie noch?«, fragte Justino.

»Nicht mehr«, antwortete Lucio, »seit man mir mein Filetiermesser gestohlen hat.«

»Welches?«

»Das Messer, das mir Señor Larre geschenkt hat, das spitze, schmale.«

»Señor Larre?«

»Ja, der Jäger, der aus Mexico City kommt, um Wildgänse zu jagen. So ein großer, kräftiger.«

»Ah, ja.«

Justino nahm noch einen Schluck von seinem Bier, ließ es mehrmals gegen seinen Gaumen schwappen und spuckte aus.

»Hör mal, und wer, glaubst du, hat dir das Messer gestohlen?«

Lucio lächelte bei dieser Frage.

»Tja, keine Ahnung, wenn ich es wüsste, hätte ich es ihm abgenommen.«

»Wenn du es nur wüsstest«, fuhr Justino Téllez fort. »Mir ist so, als wäre das Mädchen mit diesem Messer ermordet worden.«

Lucio und die anderen verstummten. Rámon fiel ein, dass er es gesehen hatte. Justino hatte Recht: Nur eins von dieser Größe und Schärfe konnte Adela so sauber durchdrungen haben.

Torcuato Garduño wechselte das Gesprächsthema.

»Ich glaube«, sagte er, während er nach Süden blickte, »zu Wochenbeginn wirds regnen.«

»Stimmt«, fuhr Macedonio fort, »seit drei Tagen schon weht ein huastecischer Wind.«

»Ein bisschen Regen wäre nicht schlecht«, sagte Amador Cendejas, »dann würde die Hirse reifen.«

»Verdammte Hirse«, mischte sich Torcuato ein, »wenn ich gewusst hätte, dass sie dafür nur dreihundertfünfzig zahlen, wozu hätte ich dann säen sollen?«

»Wir hätten Saflor aussäen sollen, wie es Ethiel gemacht hat«, sagte Pedro Salgado.

»Wohl wahr«, bestätigte Justino, »sie zahlen das Doppelte für die Tonne. Aber was solls, wir haben Hirse ausgesät, das ist nicht zu ändern.«

Das Gespräch verstummte für ein paar Sekunden. Unverhofft brach Torcuato das Schweigen.

»Wetten, dass es zwanzig nach zehn ist?«

Alle drehten sich verwundert nach ihm um.

»Wetten?«, sagte Torcuato nachdrücklich.

»Wieso?«, fragte Pedro Salgado.

»Weil man sagt, dass alle zwanzig Minuten ein Engel vorbeikommt, und dass die Leute deswegen aufhören zu reden.«

»In der Tat, es ist zwanzig nach zehn.«

Torcuato lächelte triumphierend.

»Seht ihr«, sagte er.

Ein weiterer Engel zog über sie hinweg, denn wieder verfielen sie in Schweigen.

Ranulfo Quirarte, genannt La Amistad, verfolgte den Engel auf seinem Weg, bis er verschwand. Dann behauptete er ohne Umschweife: »Ich weiß, wer das Mädchen umgebracht hat.«

»Woher willst du das wissen?«, fragte Marcelino Huitrón.

La Amistad bedachte seine Antwort zwischen zwei Schlucken Bier.

»Als wir gerade über den Saflor sprachen, fiel mir ein, dass ich letzte Nacht auf den Feldern von Ethiel zum Blenden unterwegs war. Es gab kein Wild, da bin ich weiter zu den Fohlenweiden am Fluss ...«

La Amistad brach mitten im Satz ab, um sich noch einen Schluck Bier zu genehmigen. Mit dem Handrücken wischte er den Schaum ab, der in seinem Schnurrbart klebte, und fuhr fort: »... ich fuhr mit dem Fahrrad, ohne Licht zu machen, da hörte ich auf einmal, dass jemand auf dem Feldweg war. Ich schaltete die Taschenlampe an, und in ungefähr fünfzig Metern Entfernung taucht im Lichtkegel ein Kerl auf, der mit einem Weibsbild in einer zerrissenen Bluse zugange ist ...«

Erneut unterbrach La Amistad seinen Bericht. Selten hatte er eine so gebannte Zuhörerschaft. Das wollte er voll auskosten.

»Mein Bier ist alle«, sagte er zu Ramón, »krieg ich noch eins?«

Ramón ging nach hinten und nahm eins aus dem Eisfach. Er wischte es mit einem Lappen ab, öffnete es und reichte es ihm. Ranulfo nahm seine Geschichte wieder auf.

»... ich glaube, ich hab sie erschreckt, weil sie auf der Stelle zum Berg rannten. Als ich merkte, dass sie sich in den Akazienhain schlugen, machte ich die Lampe aus und sagte mir, was zum Teufel stecke ich meine Nase in Dinge, die mich nichts angehen? Und ihr werdet mir zustimmen, dass man so was nicht macht, sich in die Angelegenheiten anderer Leute einzumischen, stimmts?«

Justino, an den sich La Amistad während des Gesprächs gewandt hatte, stimmte zu, und die anderen taten es ihm gleich.

Ranulfo fuhr fort: »Und obwohl ich mich nicht einmischen wollte, sah ich eindeutig, wer es war: kein anderer als Gitano.«

Wieder hielt La Amistad in seiner Rede inne, wohl wissend, dass ihn niemand unterbrechen oder das Thema wechseln würde, wie es sonst häufig geschah. Er nahm genüsslich einen Schluck von seinem Bier und fuhr fort: »Gestern Nacht hab ich nicht mitbekommen, wer bei ihm war, doch langsam dämmert mir, dass es nur die Tote gewesen sein kann.«

Justino schaute ihn forschend an: »Erzählst du auch keine Lügengeschichten?«

Ranulfo küsste seine überkreuzten Finger.

»Beim lieben Gott, nein.«

»Und wann soll das gewesen sein?«, fragte Marcelino.

»So um vier oder fünf Uhr morgens«, antwortete La Amistad wie aus der Pistole geschossen.

Plötzlich schlug sich Lucio Estrada an die Stirn.

»Jetzt fällt es mir ein«, sagte er, »dieser Mistkerl Gitano hat mir andauernd erzählt, wie toll er mein Messer findet. Bestimmt hat er es mitgehen lassen.«

Torcuato rief aufgeregt dazwischen.

»Dieser Hurensohn hat sie umgebracht. Wenn nicht, würde er hier mit uns gemütlich ein Schwätzchen halten, und ich hab ihn seit gestern nicht mehr gesehen.«

Den Rest der Nacht erhitzte kaltes Bier die Köpfe der Männer.

Gabriela Bautista

1

Nacht. Die Hitze lässt keine Verschnaufpause zu. Auch nicht der Staub. Hitze und Staub verbinden sich auf den Körpern. Die Haut schwitzt Erde. Wolken von Moskitos und winzigen Stechmücken schweben reglos und lästig in der Luft. Sie summen in den Ohren und stechen unerbittlich. Ein Trio Kojoten heult auf dem Berg. Die Klapperschlangen winden sich durch den glühenden Kieselsand der Wege. Das Vieh drängt sich unter den Mezquitebäumen zusammen, um sich vor der Sonne zu schützen, die noch in der Dunkelheit fortwirkt. In der Ferne das sanfte Murmeln des Flusses. Und die Hitze, die verfluchte Hitze, die alle überwältigt.

Gabriela Bautista schläft nicht, ihre Anspannung lässt es nicht zu. Die Angst auch nicht. Unruhig wartet sie auf ihren Mann, der jeden Moment zurückkommen kann, um sie mit Schlägen zu traktieren und möglicherweise zu töten. Sie weiß weder, wohin sie fliehen noch wo sie sich verstecken soll. Noch hat sie die vage Hoffnung, dass er es nicht weiß. Aber nein, um diese Zeit müsste er längst über ihre Untreue im Bilde sein. Wenn er sich verspätet, dann weil er Gitano für die Schmach zur Rechenschaft gezogen hat.

Die Tür quietscht. Gabriela Bautista kauert sich hinter das Bett. Er ist es, und er wird sie töten. Langsam verstreicht eine Minute. Und noch eine. Ein erneutes Quietschen ist nicht zu hören. Gabriela Bautista legt den Kopf auf das Bett und schließt die Augen. Innerlich läuft ihr der Schweiß. Der gleiche Schweiß, der ihr vergangene Nacht ausgebrochen war, als ein grelles Licht sie aufstörte, während sie ihren Körper gegen den Körper Gitanos rieb. Ein anonymes, durchdringendes, schweigsames Licht, das sie mitten in der Nacht blendete und ihre Nacktheit ausforschte.

»Guten Abend«, rief Gitano dem stummen Licht entgegen.

Es kam keine Antwort, nur Schweigen und Licht. Gabriela Bautista verbarg sich hinter Gitano und schwitzte, schwitzte Angst.

»Guten Abend«, wiederholte Gitano.

Nichts, Licht und Schweigen, und das lähmende Gefühl, von der Stille getötet zu werden.

In der Dunkelheit machte Gitano den Schimmer eines Flintenlaufs aus. Er stieß Gabriela zum Berg hin, und beide rannten los, das Licht hinter ihnen her und Gott weiß wer hinter dem Licht. Stolpernd rannten sie so schnell sie konnten, rissen sich die Füße an den Purzeldisteln auf, zerkratzten sich Arme und Beine, bis das Licht nicht mehr durch das dichte Dorngestrüpp drang. Keuchend und eingehüllt von der warmen Nachtluft kauerten sie sich gemeinsam in einem Entwässerungsgraben unter Farnwedel. Niemand sagte ein Wort. Sie hockte sich auf ihn, und er küsste und streichelte sie, und Gabriela Bautista ließ sich küssen und streicheln, und, erschreckt über sich selbst, küsste und streichelte sie ihn immer heftiger.

Sie liebten sich. Danach erhob sich Gitano, knöpfte seine Hose zu und ging durch den Akazienhain davon. Sie blieb still liegen, überströmt von Sex und Furcht. In der Ferne hörte sie den Lieferwagen Gitanos brummen, der sich entfernte. Sie lauschte, bis er in der Morgendämmerung verschwand. Sie stand auf, strich sich das Kleid glatt und ordnete ihre Unterwäsche. Mit schleppenden Schritten machte sie sich auf den Weg. Man hatte sie ertappt, und sie wusste nicht, wohin sie fliehen sollte. Sie kam nach Hause und versteckte sich an dem einzigen Ort, an dem sie sich verstecken zu können glaubte: hinter dem Bett, wo sie diesen ganzen Sonntag verbracht hat und von wo aus sie jetzt die Tür knarren hört. Sie sieht, wie sie aufgeht und Pedro Salgado, ihr Mann, hereinkommt.

2

Er fuhr, bis er die Staumauer erreichte. Er parkte den Lieferwagen am Straßenrand, stellte den Motor ab und lehnte sich in den Sitz zurück. Er genoss noch einmal jeden einzelnen Kuss von Gabriela Bautista. Die Frau machte ihn verrückt und er sie auch, aber er wusste, dass er sich in Loma Grande für eine Weile nicht mehr blicken lassen konnte. Er musste Neuigkeiten abwarten und durfte nicht wieder hin, bevor er nicht sicher sein konnte, dass es im Dorf keinen Knatsch gab.

Er stieg aus dem Wagen und ging bis an den Rand des Staudamms. Seine Knöchel, seine Stirn und seine Unterarme und Hände waren zerkratzt. Er zog die Kleider aus, faltete sie zu einem Bündel und versteckte sie unter ein paar Wundersträuchern. Er stieg in das lauwarme Wasser und rieb sich mit Schlamm ab, um die Kratzer zu desinfizieren und den Juckreiz zu vertreiben. Ein Schwarm Krickenten zog in niedrigem Flug vorbei. Ihr knatternder Flügelschlag schreckte ihn auf und ließ ihn einen Satz rückwärts machen. Verdammt, dachte er, mir steckt noch immer die Verfolgungsjagd von heute Nacht in den Knochen.

Er spülte die Schlammschicht ab, mit der er sich eingerieben hatte. Eine Weile planschte er herum und vertrieb sich die Zeit damit, kleine Ährenfische zu fangen. Er stieg aus dem Wasser, trocknete sich mit dem Hemd ab und zog die Hosen an. Er wollte nicht nackt herumlaufen, es war Sonntagmorgen, und bisweilen fuhren ein paar Autos mit Familien darin vorbei. Er legte sich auf einen der Felsblöcke, welche die Staumauer stützten, und schlief ein.

Fast niemand kannte seinen richtigen Namen: José Echeverri-Berriozabal. Die meisten nannten ihn einfach »Gitano«. Er war in Tampico geboren, als Sohn eines baskischen Matrosen und einer Kellnerin, die in der Eisdiele *Elite* bediente. Von seinem Vater hatte er die Größe und die grünen Augen geerbt, von seiner Mutter die kräftigen Knochen, den schlanken Wuchs, den sehnigen Körper und das Talent, ins Unglück zu rennen.

Seit seiner Jugend hatte er die Neigung, sich mit verheirateten Frauen einzulassen. Er fand keinen besonderen Grund für diese Schwäche, doch seine Freunde erklärten es damit, dass seine Mutter nie geheiratet hatte. Mit fünfzehn verpasste ihm ein wütender Ehemann blutige Machetenhiebe. Gitano überlebte die fünf Hiebwunden, die ihm den Rücken zerfetzt hatten, mit knapper Not. Die Wunden heilten, und mit Stolz trug er die Narben.

Drei Jahre später bändelte er mit der Frau eines Zollbeamten an. Der Mann überraschte sie im Bett, zog eine Browning Kaliber 32 und schoss ihm drei Ladungen Blei in die Brust.

Während seiner Genesung schwor er, sich für den Angriff zu rächen. Er wusste, dass sich der Mann, der auf ihn geschossen hatte, in Tempoal versteckt hielt. Er fuhr hin, doch konnte er ihn nicht finden. Stattdessen begegnete er einem Händler, der ihn in den Straßenverkauf von Haushaltwaren einführte. Seit damals fuhr er unter dem Spitznamen Gitano von Dorf zu Dorf.

Einige Zeit später stellte er fest, welchen Zugewinn er machen konnte, wenn er sein Geschäft mit dem Schmuggel von Nippes aus Taiwan verband. Wenn er bei einer Pfanne den doppelten Gewinn erzielte, war es bei einer Quarzuhr das Sechsfache. Auch als er die Beute mit Landpolizisten, Schutzpolizisten, Staats- und Bundespolizisten, Bürgermeistern und Gemeindevertretern teilte, hatte er unverändert hohe Einkünfte.

Von seinen Ersparnissen konnte er sich einen Dodge-Lieferwagen mit Aluminiumkabine kaufen und sich in Tampico ein Häuschen bauen. Trotzdem besaß er keinen festen Wohnsitz. Er übernachtete in seinem Gefährt an Wegrändern oder tauschte Handelsware gegen Essen und Unterkunft. Nach Loma Grande kam er normalerweise zweimal im Jahr, bis er an einem Nachmittag im Januar seine Affäre mit Gabriela Bautista begann. Von da an erhöhte er seine Besuchsfrequenz auf einmal im Monat.

In Loma Grande quartierte er sich im Haus von Rutilio Buenaventura ein, einem alten und blinden Bauern, dem dank eines Walkmans, den ihm Gitano geschenkt hatte, die Dunkelheit erträglicher wurde. Als Dank hatte Rutilio ihm ein Dach über dem Kopf angeboten – Essen nicht, weil er selbst kaum von dem überleben konnte, was ihm ein Dutzend Hühner gaben – und seine Freundschaft. Sie wurden so gute Freunde, dass nur der Alte den Grund dafür kannte, weshalb Gitano so gern nach Loma Grande kam.

3

Es waren die Lügen, nicht das Bier, die Ranulfo Quirarte, genannt La Amistad, völlig betrunken machten. Er hatte das von Gitano und Adela erfunden, um das Gespräch an sich zu reißen, um die Aufmerksamkeit der anderen zu erheischen, um endlich eine Klatschgeschichte ganz nach seinen Vorstellungen zu erzählen. Seine Lügen stürzten ihn in einen unwiderruflichen Rausch, einen Rausch von Unwahrheiten, von denen er sich weder freimachen konnte noch wollte. Seine Lügen machten so trunken, dass sogar er selbst sie glaubte. Alles andere, was sich in Wirklichkeit ereignet hatte, zählte nicht mehr. Von nun an galt seine Version der Dinge.

Er allein wusste, dass er nicht auf den Fohlenweiden am Flussufer geblendet hatte, sondern auf der gegenüberliegenden Seite, zwischen den Akazienhainen, die den Fuß des Bernal umgaben. Er allein wusste, dass der halbnackte Oberkörper, die unbedeckten Brüste und das erschrockene Gesicht, das er in der Nacht in Licht getaucht hatte, Gabriela Bautista gehörten, und nicht dem Mädchen, dem man das Herz durchstoßen hatte. Er allein wusste, dass die beiden, die er im Schein der Lampe gesehen hatte, Ehebrecher waren, die ihre Begierde stillten, und nicht ein Mörder, der seinem Opfer zusetzte. Er allein wusste es und sonst niemand. Ranulfo ahnte, dass diese Lüge, die er in die Welt gesetzt hatte, immer bedrohlicher und gefährlicher wurde und es keine Möglichkeit gab, sie unter Kontrolle zu halten.

Er hatte die übrigen Männer aus dem Dorf mit seinen Lügen berauscht. In aller Augen war Gitano der Täter. Das war die neue Wahrheit, und Ranulfo musste sie für den Rest seines Lebens glauben.

4

Er spürte, wie ihm ein Skorpion über die Rippen lief, und mit einer seiner Pranken schlug er sich gegen die Brust, nur um festzustellen, dass ihn in Wirklichkeit ein herabgefallener Schweißtropfen geweckt hatte. Er klappte ein paar Mal mit den Augenlidern, um seine Schlaftrunkenheit loszuwerden. Nachdem er munter war, brauchte er ein paar Sekunden, um festzustellen, wo er sich befand, bis das Plätschern des Wassers gegen die Felsen ihn daran erinnerte. Gitano hob das Gesicht und sah die Spiegelung der Sonne in der Schweißpfütze, die über seinen Bauch rann. Taumelnd richtete er sich auf und stützte sich dabei so wenig wie möglich auf sein eingeschlafenes linkes Bein. Eine leichte Brise wehte vom Stausee herüber, und Gitano schüttelte den Kopf hin und her, um den Schweiß zu trocknen, der ihm über den Nacken rann. Er hob den Blick zum Himmel und schätzte, dass Mittag vorbei war. Er hatte mindestens fünf Stunden geschlafen. Nachdem er das Gesicht so lange in die Sonne gestreckt hatte, waren seine Lippen ausgetrocknet. Er befeuchtete sie mit Speichel und rieb auch seine brennenden Augenlider damit ein. Er knetete den Schenkel, um das Kribbeln in dem tauben Bein loszuwerden. Er setzte die Massage eine ganze Weile fort und versuchte, sich an irgendeinen Traum zu erinnern, doch vergeblich. Allerdings überdauerten die Küsse von Gabriela Bautista mit solcher Frische auf seiner Zunge, dass er annahm, von ihr geträumt zu haben.

Gitano zog sich die Hose aus, lief bis zum Rand des Stausees und tauchte mit einem Satz ins Wasser, das, obwohl es lauwarm war, die Hitze, die ihm langsam zusetzte, ein wenig linderte. Er ließ sich auf dem Rücken treiben, während er die Haubentaucher beobachtete, die dicht über die Uferböschung flogen.

Er tollte in dem Stausee umher, bis er Hunger bekam, stieg aus dem Wasser und stellte sich auf einen Stein, um sich von den Sonnenstrahlen trocknen zu lassen. In der Ferne hörte er das Brummen mehrerer Traktoren, die die Felder pflügten. Er mochte den Lärm. Es erinnerte ihn an das Tuckern der Schleppdampfer, die die Schiffe in die Hafenmündung manövrierten. Er zog sich an und ging zu seinem Lieferwagen, öffnete die Fahrertür, schaltete das Radio ein und suchte einen Sender. Mit dem Suchlauf stieß er auf eine Radiostation aus Tampico, die er als Kind gehört hatte.

Er stellte das Radio laut und begab sich auf die Rückseite des Lieferwagens, wühlte in einer Kiste, holte eine Dose mit Thunfisch und eine mit Kichererbsen heraus, außerdem ein Glas Mayonnaise, eins mit roten Chilis und einen Beutel mit Brot der Marke Bimbo. Aus vier Scheiben Brot machte er sich ein Sandwich, das er hastig verschlang. Mit einer Flasche Orangensaft setzte er sich auf den Rand der Ladefläche. Das Radio brachte »Die Stunde der Verlassenen«. Er dachte, dass ein echter Mann nie von seiner Frau verlassen wurde und dass »die Verlassenen« ein Haufen Idioten waren, unfähig, die Bedürfnisse einer Frau zu erkennen. Der Sprecher – der das Gegenteil behauptete – lobte fortwährend »diese Kaste von edelmütigen und großherzigen Männern, die, obwohl sie litten, zuließen, dass ihre Frauen eigene Wege gingen«.

Während der Sprecher von »dem süßen Kummer über eine verlorene Liebe« salbaderte, rief sich Gitano die vergangene Nacht ins Gedächtnis. Die Nächte mit Gabriela wurden immer intensiver, und nach jeder intensiven

Nacht fühlte sich Gabriela schuldig und bat Gitano, sie in Ruhe zu lassen, und er verschwand aus Loma Grande, und Gabriela Bautista hatte ihren Frieden, war gefangen in ihrem Frieden, erstickte an ihrem Frieden, während sie begierig auf die Nacht wartete, in der Gitano zurückkommen würde, um ihren Frieden zu stören.

»Es ist vierzehn Uhr fünfzig, und jetzt hören wir *Yo ya no me arrimo a ese árbol* von den Huracanes del Bravo«, sagte der Sprecher mit honigsüßer Stimme.

Mit einem Satz sprang Gitano von der Ladefläche herab, schlürfte den Rest des Safts und setzte sich hinter das Steuer. Es war später, als er gedacht hatte. Er musste nach San Fernando fahren, um die Schmuggelware, bestehend aus tragbaren Kassettenrekordern, abzuholen. Wenn er sich nicht beeilte, würde er erst in der Dämmerung ankommen und den Hehler, der die Ware verhökerte, nicht mehr antreffen. Den Kontakt erneut herzustellen, würde schwer sein.

Er schaltete das Radio aus und ließ den Motor an. Als er das Lenkrad nach rechts einschlug, hielt er plötzlich inne. Für einen Augenblick verharrte er nachdenklich. Er spürte noch immer Gabrielas Küsse auf seinen Lippen. Keine Frau hatte ihm jemals so den Kopf verdreht. Jeden Tag träumte er von ihr, dauernd musste er an sie denken, und sein Körper verlangte ausschließlich nach ihr.

Langsam schlug er das Lenkrad nach links ein, in Richtung der Landstraße, die geradewegs in die Hauptstraße von Loma Grande mündete. Mit einer fixen Idee im Kopf trat er auf das Gaspedal: Er würde Gabriela Bautista entführen und sich mit ihr nach Tampico zurückziehen. Fest entschlossen setzte er den Lieferwagen in Bewegung. Er war ungefähr einen Kilometer gefahren, als er jäh bremste.

Starr blickte er zum Horizont. Er holte tief Luft, legte den Rückwärtsgang ein, machte eine Kehrtwende und fuhr in die entgegengesetzte Richtung.

5

Pedro Salgado glitt durch die Tür und betrat das Haus. Gabriela Bautista blickte gebannt zu ihm hin, die Augen vor Schreck geweitet. Pedro war ein Mann von kontrollierter Brutalität, und sie wusste das. Wenn er sie umbrachte, tat er es ohne großes Aufheben. Wie das eine Mal, als er mit einem einzigen und gezielten Sensenhieb einen Jungen aus einem Nachbardorf, der nicht aufhören wollte, Gabriela laszive Blicke zuzuwerfen, am Hals verletzt hatte, und der nur dank der Wundertat eines Viehdoktors überlebte, der ihn aus Mangel an chirurgischem Gerät mit einem Angelhaken zusammenflickte. Nein, Pedro Salgado war kein Mann großer Emotionen. Das hatte er schon mehrfach unter Beweis gestellt. Trotz allem hielt Gabriela ihn für einen guten Ehemann: zärtlich, fleißig, verantwortungsvoll und ausschließlich am Wochenende betrunken. Nie war er ihr gegenüber handgreiflich geworden, auch wenn er ihr drohte, ihr bei der ersten Untreue, die ihm zu Ohren käme, das Fell über die Ohren zu ziehen. Eine Drohung die – Gabriela wusste es – Pedro ohne mit der Wimper zu zucken wahr machen würde.

Pedro betrachtete seine hinter dem Bett kniende Frau und stieß ein dröhnendes »Was machst du da?« aus, das Gabriela als Einleitung zu einer kräftigen Tracht Prügel verstand.

»Ich suche ein Paar Socken«, antwortete sie fast unhörbar.

»Und, hast du sie schon gefunden?«

Gabriela fiel als Antwort nur ein schwaches Nein ein.

Pedro ging zum Tisch und setzte sich auf eine Holzbank.

»Bring mir Kaffee und mach ein paar Spiegeleier, ich hab Hunger.«

Angsterfüllt schaute Gabriela zu Pedro hinüber. Sie erhob sich, schenkte Kaffee in eine Tasse und stellte sie vor ihn hin. Pedro süßte ihn mit vier Löffeln Zucker und begann, langsam zu trinken.

»Wo bist du den ganzen Tag gewesen?« fragte er teilnahmslos.

Gabriela glitt fast die Flasche Öl aus der Hand, als sie sich zu Pedro umwandte. In seinem Blick suchte sie Anzeichen einer beherrschten Wut, doch stieß sie lediglich auf den glasigen Ausdruck eines zwei Tage währenden Besäufnisses. Mit hochgezogenen Brauen und offenem Mund wartete Pedro auf ihre Antwort.

»Ich war seit gestern Abend nicht aus dem Haus«, sagte Gabriela mit unverhoffter Festigkeit.

Pedro beäugte seine Frau von oben bis unten.

»Dann weißt du es also gar nicht?«, fragte er ein wenig ungläubig.

Gabrielas Angst kehrte zurück. Sie wusste nicht, ob Pedro ihr auf den Zahn fühlte, um sie zum Lügen zu verleiten, oder ob er ihr wirklich ohne Hintergedanken eine Frage stellte. Der Zweifel versetzte sie in Schrecken.

»Was weiß ich nicht?«, fragte sie mit stockender Stimme.

In nüchternem Zustand wäre Pedro die Nervosität seiner Frau sofort aufgefallen, doch die sanfte Benommenheit seines Rauschs ließ ihn lediglich sagen: »Jemand hat die Freundin von Ramón umgebracht.«

Gabriela konnte fühlen, wie sich ihre Ängste langsam zerstreuten, und es gelang ihr, Worte zu artikulieren, ohne dass ihre Stimme zitterte: »Von welchem Ramón? Dem aus dem Laden?«

Pedro nickte. Erleichtert wandte ihm Gabriela den Rücken zu und fing an, die Eier zuzubereiten. Müde wie er war, sank Pedro auf den Tisch, bis er sich beinahe völlig ausgestreckt hatte. Gabriela briet die Eier, tat sie auf einen Teller und stellte ihn vor ihren Mann hin. Pedro stieg der Geruch in die Nase, und mit beiden Händen rieb er sich das Gesicht, um munter zu werden.

»Gib mir ein Brötchen«, bat er. Gabriela nahm eins aus dem Beutel und reichte es ihm. Pedro zerkleinerte es, und mit einem Stück stippte er in das Eigelb.

Gabriela stellte fest, dass Pedro nur ein Unterhemd trug.

»Und dein Hemd?«

Pedro hielt mit dem Stück Brot in der Hand auf halbem Weg zum Mund inne.

»Hab ich meinem Cousin geliehen«, gab er ein paar Sekunden später zur Antwort, »er brauchte eins für die Totenwache.«

»Wie hieß denn die Freundin von Ramón?«, fragte Gabriela, um Arglosigkeit bemüht.

»Adela«, antwortete Pedro.

Gabriela versuchte sich an den Namen zu erinnern.

»Adela?«

»Jawohl«, bestätigte Pedro, »aber ich glaube nicht, dass du sie kennst, sie gehört zu den Neuen.«

Pedro fuhr fort, das Brot in Eigelb zu tunken, um es danach genussvoll zu verspeisen.

Gabriela folgte jeder einzelnen seiner Bewegungen auf der Suche nach verhaltener Eifersucht, doch fand sie keinerlei Anzeichen dafür. Ruhig stellte sie die letzte Frage: »Weiß man schon, wer sie umgebracht hat?«

Pedro versuchte, den Kaffee schnell zu schlucken, um sogleich zu antworten, wobei den Worten ein paar Kaffeespritzer folgten: »Ja … Gitano …«

Gabriela Bautista verstummte, und wieder brach ihr innerlich der Schweiß aus.

Die Nacht der anderen

1

Die ganze Nacht konnte Astrid Monge weder die kalten Augen loswerden noch das eindringliche Bild der Leiche ihrer Freundin verscheuchen. Sie wollte am Abend nichts essen. Noch immer hatte sie den Geruch nach altem Leder in der Nase, den Adela verströmte. Als ihre Mutter sah, wie sie sich damit quälte, wollte sie ihr Erleichterung verschaffen, indem sie ihr Stechapfelumschläge auf die Schläfen legte. Es gelang ihr nicht. Die bittere Erfahrung des Todes hatte ihre Tochter im Mark erschüttert.

Adela war von einem Moment auf den anderen verschwunden, und Astrid, hätte sie nicht gespürt, dass sie beim Ankleiden unter ihren Händen kalt wurde, hätte es nicht geglaubt. Adelas Tod hatte eine Lücke in ihr Leben gerissen. Noch als sie sich kaum kannten, war zwischen den beiden eine enge Freundschaft entstanden. Sie erzählten sich Dinge, von denen sie sich nicht vorgestellt hatten, dass man sie sich unter Frauen erzählte. Astrid begann mit den Vertraulichkeiten. Sie erzählte, wie sie meinte, höchst intime Dinge: wilde Träume, unverhoffte Sehnsüchte. Bald wurden ihre harmlosen Jungmädchenfantasien von Adelas wilden Geschichten übertroffen. Durch ihr zurückhaltendes Benehmen hatte die wortkarge Fremde es verstanden, das heiße Blut, das in ihren Adern floss, zu verheimlichen. Nach und nach offenbarte sie Astrid das leidenschaftliche Verlangen, das sie zerfraß, wenn auch nicht den Namen dessen, der auf ihrem Körper das hinterließ, was sie als »Spuren der Leidenschaft« bezeichnete: Kratzer, Bisse, dunkle Kreise direkt unter ihren Brustwarzen, in der Beuge des Oberschenkels, auf den Schenkeln, auf dem Nacken, wo das Haar drüberfiel, und Astrid begutachtete sie staunend, als Adela sie ihr mit dem prahlerischen Gehabe einer befriedigten Frau zeigte.

»Ich bin verliebt, ganz schrecklich verliebt«, wiederholte Adela unausgesetzt, ohne mit einem Wort die Identität des Geliebten preiszugeben. Es dauerte eine Weile, bis Astrid begriff, dass Adela etwas mit einem verheirateten Mann hatte, mit dem sie sich täglich, kurz vor Morgengrauen, im Dickicht der Büsche, die am Flussufer wuchsen, vergnügte.

Adelas Eltern vermuteten eine Schwärmerei ihrer Tochter. Unübersehbar nicht nur wegen ihrer Stimmungsschwankungen und einer übersprudelnden Fröhlichkeit, sondern auch weil die Mutter häufig die Briefe las, die Adela ihrem angeblichen Geliebten schrieb und die sie ahnungslos unter der Matratze der Pritsche versteckte, auf der sie schlief. Als gläubige Katholiken, die ihre Kinder vor den Gefahren und dem schädlichen Werk der Sünde gewarnt hatten, ahnten sie nichts von den vergnügten Orgasmen, mit denen ihre Tochter den Tag begann. Die Briefe verrieten nichts davon. Die konfusen Zeilen schienen sich eher auf das Verhältnis zu einem rechtschaffenen und anständigen Mann zu beziehen, dessen Identität ihre Tochter für sich behielt.

Eines Abends beschlossen sie, sie zu befragen, um die Gründe für ihre Verschwiegenheit herauszufinden. Auf ihre Fragen hin antwortete Adela gelassen, dass der betreffende Freund ein Junge aus dem Dorf sei, in ihrem Alter, dass er sie zweifellos verehre und dass er ernste Absichten hege. Sie beabsichtigte, ihn ihnen an dem Sonntag vorzustellen, an dem sie ermordet wurde.

Um sich aus der Patsche zu retten, in die sie hineingeraten war, hatte Adela daran gedacht, Astrids Bruder zu bitten, ein paar Tage den Freund zu mimen. Doch aus Vorsicht, Mitleid und etwas Scham traute sie sich nicht.

Die Eltern glaubten jedes Wort der harmlosen Geschichte, die sich Adela ausgedacht hatte. Lediglich Astrid teilte mit ihr die Geheimnisse ihrer verbotenen Affäre und war die einzige, die wusste, dass Adela daran dachte, mit ihrem namenlosen Liebhaber in die Gegend der Sierra de Tamaulipas durchzubrennen. Sie drängte nicht länger darauf, seinen Namen zu erfahren: Die Lust dazu nahm ihr Adela durch ihre hartnäckige Weigerung, ihn zu verraten. Bis zu dem Moment, als Adela ermordet wurde und ihr eine Reihe von Personen durch den Kopf gingen, die in Frage kamen, war die Neugier versiegt. Doch verwarf sie jeden einzelnen derer, die ihr eingefallen waren. Sie entsprachen nicht der Beschreibung, die Adela von ihrem Geliebten gegeben hatte. Und das, obwohl Adela keine wesentlichen Merkmale wie groß, blond, dunkel, schlank, dick genannt hatte, sondern beeindruckende Charaktereigenschaften wie wild, gewissenlos und sehr leidenschaftlich. Drei Adjektive, die nicht auf jeden zutrafen.

Astrid ging davon aus, dass sich Ramón Castaños schließlich dafür hergegeben hatte, Adela als Alibi zu dienen. Für ein solches Täuschungsmanöver war er der Richtige: Er verkörperte den schüchternen Freund, den sie beschrieben hatte. Scheinbar waren die Eltern auf den Trick hereingefallen, nun bemitleideten sie ihn, während sie mit ihm hin- und herspazierten, als gehöre er zum engsten Kreis der Trauernden.

Astrid hörte damit auf, über die Identität des Liebhabers nachzugrübeln, als ihr Bruder in der Frühe nach Hause kam. Er kam aus dem Laden und brachte die jüngste Neuigkeit mit: Gitano hatte Adela ermordet. Für einen Moment geriet Astrid in Verwirrung, in ihren Augen kam Gitano als Geliebter ihrer Freundin nicht in Frage, und somit auch nicht als ihr Mörder. Gitano war weder verheiratet, noch lebte er in Loma Grande, und Adela hatte damit geprahlt, dass ihr Kerl täglich mit ihr schlief. Allerdings war er zweifellos im ganzen Dorf der Einzige, auf den die vage Beschreibung passte, die Adela gegeben hatte.

2

Die Witwe Castaños versuchte, sich so wenig wie möglich zu bewegen, um zu vermeiden, dass man draußen das Knarren des Schaukelstuhls hörte, den sie dicht an die Wand gerückt hatte, um das Gespräch zu belauschen. An diesem Sonntagmorgen drehten sich die meisten Sätze um die Schuld Gitanos, bis ein Satz unter all den in der Hitze des Biers verlautbarten hervorstach: »Du musst sie rächen … bring ihn um«, beschied eine dunkle Stimme; es war die von Torcuato Garduño. Die Witwe nahm an, dass dieser Satz an ihren Sohn gerichtet war, und presste ihr Ohr an die Ritze, durch die sie spionierte. Zuerst hörte sie Ramóns Schweigen und dann allgemeines Gelächter. Anfangs war ihr nicht klar, was geschah, doch ging sie davon aus, dass Torcuato nur einen Scherz hatte machen wollen und sich die anderen über Ramóns fahle Gesichtsfarbe lustig machten. Genauso war es. Keiner konnte sich vorstellen, dass Ramón den Mut besäße, sich mit Gitano anzulegen. Ramón wusste das und die anderen auch, denn in der Tat hätten sich das nur wenige getraut. Nachdem er immer wieder seine acht tödlichen Narben gezeigt hatte –

fünf von der Machete und drei von den Kugeln – hatte sich Gitano den Ruf des Unverwundbaren geschaffen. »Der hat ein dickes Fell«, erzählte man sich, »deswegen hält der so viel aus.« Außerdem lasteten ihm zweifelhafte und vage Gerüchte den Tod von vier Männern an. Doch ansonsten war Loma Grande ein Dorf, das auf dem Boden des Gesetzes stand, und es war lange her, dass sich jemand auf eigene Faust Recht verschafft hatte.

»Carmelo Lozano wird sich um das Schwein kümmern«, ordnete Justino Téllez an.

Die Witwe Castaños hörte die dumpfe Zustimmung der anderen. Sie war froh, sie wollte nicht mit ansehen, wie ihr Sohn in eine Auseinandersetzung geriet, die von vornherein verloren war. Zufrieden mit Justinos Lösung hatte sie das Ohr von ihrem Lauschplätzchen entfernt, als sie die erdige Stimme von Marcelino Huitrón es erneut an die Wand pressen ließ.

»Sei kein Angsthase«, warf er Ramón an den Kopf, »bring diesen Hurensohn um, Carmelo Lozano wird ihm nämlich kein Haar krümmen.«

Es gab weder Gelächter noch Spott. Einer von Marcelinos Söhnen war überfahren worden, und den Verantwortlichen hatte Lozano nach kaum einem halben Tag auf freien Fuß gesetzt, nachdem er ihm eine halbe Million Pesos abgepresst hatte.

»Carmelo und dieser Hund sind Partner«, unterstrich Marcelino, womit er Recht hatte: Gitano zahlte dem Capitán eine monatliche Pauschale, weil er ihm erlaubte, Schmuggelware in die südliche Region von Tamaulipas einzuführen.

»Er wird ihn nicht anrühren«, beteuerte er, »eine Kuh, die man melken kann, wird Lozano nicht schlachten.«

Justino Téllez wollte eingreifen. Stets hatte er sich dagegen verwahrt, dass Verbrechen auf gewaltsame Weise gesühnt wurden. Er war Augenzeuge der Schlacht zwischen den Jiménez und den Duarte geworden, und er wusste, dass Rache die Feindseligkeiten nicht aus der Welt schaffte, im Gegenteil. Die Familien hatten sich gegenseitig ausgelöscht, ohne den Anlass aus der Welt zu schaffen. Er war davon überzeugt, dass das Gefängnis besser war als Blutvergießen.

Als Téllez etwas sagen wollte, schnitt ihm Marcelino das Wort ab.

»Heul hier nicht rum, Justino«, sagte er und baute sich vor ihm auf, »es gibt Dinge, die muss man wie ein Mann erledigen.«

Er drehte sich um und heftete seinen Blick starr auf Ramón.

»Und wenn du nicht Manns genug bist, ihn umzubringen, dann tu ich es«, sagte er ohne Zögern.

»Halt dich da raus Lino, das geht dich nichts an«, mischte sich Justino Téllez ein, »und wenn es eine Sache unter Männern ist, dann soll Ramón damit fertig werden.«

Marcelino nickte langsam.

»Na gut«, sagte er, »ich bin schon still, nur eins möchte ich noch wissen.«

Erwartungsvoll drehten sich die anderen zu ihm um. Wieder heftete er seinen Blick auf Ramón.

»Und? Was zum Teufel wirst du tun?«, fragte er ihn aus nächster Nähe.

Es wurde mucksmäuschenstill. Von ihrem Schaukelstuhl aus hätte die Witwe gern gerufen: »Lasst meinen Sohn in Frieden«, doch sie brachte kaum ein »Gott behüte« über die Lippen.

Ramón krampfte sich der Magen zusammen. Es gab keinen Ausweg. Die Frage ließ nur eine einzige Antwort zu. Er schluckte schwer. Entweder galt er für alle Zeiten als richtiger Mann, oder er würde nie mehr einer werden.

»Ich werde ihn töten«, antwortete er, gequält von einem Brennen im Hals, »ich werden ihn töten, sobald er mir über den Weg läuft.«

Marcelino hob die Flasche Bier hoch, die er in der Hand hielt. »Salud«, brummte er.

Justino Téllez klopfte Ramón auf die Schulter. »In Ordnung«, sagte er.

Das Blut hatte gewonnen, und er würde nichts dagegen unternehmen. Ramón sollte selbst damit fertig werden.

3

Eine Maus rannte über den Tisch, schnappte sich ein übrig gebliebenes Stück Tortilla von einem schmutzigen Teller und floh, indem sie sich an einem Tischbein herunterhangelte. Natalio Figueroa beobachtete sie, bis sie in einer Ritze unter dem Kleiderschrank verschwunden war. Es war drei Uhr morgens, und Natalio wartete auf eine Nachricht, die ihm den Mörder seiner Tochter verraten würde.

Als er noch ein Kind war, hatte seine Mutter stets behauptet, dass die schlechten Nachrichten nachts kämen. Doch Natalio glaubte nicht daran. Er hatte alle am helllichten Tag bekommen. An einem Sonntagvormittag um elf hatte man ihm mitgeteilt, dass sein Sohn Erasmo mit einer Kugel im Kopf, die ihm ein gedankenloser Säufer am Ende seiner Zechtour verpasst hatte, auf einer schlammigen Straße verröchelte. Um acht Uhr an einem Samstagmorgen im April brachte man ihm die Nachricht an die

Haustür, dass sein Sohn Marcos beim Sturz von einem durchgegangenen Pferd gegen ein paar Steine geschlagen war, wobei er sich die empfindlichen Wirbel, die den Hals mit dem Kopf verbanden, zerschmettert hatte, und am Vortag, wie um zu bestätigen, dass das Tageslicht Unheil brachte, hatte Evelia ihnen mitgeteilt, dass sich die Leiche ihrer Tochter, hingeworfen wie ein Lumpen, am Rand eines Hirsefelds befand.

Er trank einen Schluck kalten, dünnen Kaffee. Seine Frau dämmerte in Albträumen vor sich hin. Natalio betrachtete sie teilnahmslos. Er hatte keine Kraft mehr, sie zu trösten. Er hatte nicht einmal mehr Lebenswillen. Das Einzige, was ihn aufrecht hielt, war die Aussicht darauf, den Aufenthaltsort des Mörders ausfindig zu machen, um hinzugehen und ihm ein Messer in die Brust zu rammen.

Natalio bemerkte im Raum ein fortwährendes leichtes Schlagen. Er suchte den Tisch ab und fand eine Motte, die mit wütenden Flügelschlägen unablässig gegen den Deckel einer Zinnschüssel schlug. Natalio nahm sie in die Hand, riss ihr die Flügel aus und warf sie auf den Fußboden. Die Motte bewegte sich ein paar Zentimeter über die gestampfte Erde und verlor sich im Dunkeln.

Mit einem Seufzen klopfte sich Natalio den Staub ab, den das Insekt auf seinen Händen hinterlassen hatte. Die Nachbarhunde bellten. Natalio stand auf und trat ans Fenster. Er konnte nicht erkennen, wer kam, doch nahm er an, dass sie ihm den Namen des Mörders brachten.

Hinter der Tür wartete er darauf, dass man ihn rief. Nervös weckte er Clotilde mit einem Pfiff. Erschrocken sprang die Frau aus dem Bett.

»Ist was passiert?«, fragte sie mit verschleiertem Blick.

Natalio wies auf die Tür. Ohne zu verstehen, was er meinte, schlüpfte sie in ein paar Latschen und schlurfte zu ihrem Mann.

»Guten Abend«, sagte eine Stimme hinter der Tür. Natalio öffnete und sah vor sich zwei Unbekannte, die er, wie er sich zu erinnern glaubte, auf der Beerdigung nicht gesehen hatte. Bevor er den Gruß erwiderte, sah er sie prüfend an.

»N'Abend«, sagte er kurz angebunden.

Einer der Männer hielt einen Plastikbeutel hoch und reichte ihn Natalio.

»Wir bringen Ihnen eine Kleinigkeit zum Abendessen.«

Die unverhoffte Anteilnahme brachte Natalio durcheinander. Er nahm den Beutel und bedankte sich flüsternd.

Schweigend standen Natalio und die beiden Männer da. Von drinnen bat Clotildes Stimme sie herein: »Möchten Sie einen Kaffee?«, fragte sie die beiden.

Die Männer traten ein und setzten sich an den Tisch. Clotilde öffnete das Paket und legte seinen Inhalt – sechs Tacos aus Rührei mit Kartoffeln und Zwiebeln – auf einen Teller. Natalio, der keinen Hunger hatte, zwang sich, aus Höflichkeit einen zu essen. Die restlichen Tacos verschlangen die beiden Fremden mit dem Hinweis darauf, der Wirkung des Biers, das sie gerade getrunken hatten, etwas entgegenzusetzen, indem sie sich den Magen füllten.

Die beiden Unbekannten erwähnten das Verbrechen mit keiner Silbe. Eine Weile sprachen sie miteinander über die Anzahl der Lämmer, die ein Kojote gerissen hatte, über die nächsten Tanzfeste in Xico, über die Wahl des neuen Gemeindevorstehers und über den Wasserstand des Stausees in der Trockenzeit. Es schien, als wären sie lediglich zu

Natalio gekommen, um eine bereits begonnene Unterhaltung fortzusetzen.

Clotilde und Natalio hörten ihnen fast eineinhalb Stunden lang geduldig zu, bis einer der Fremden fand, dass es Zeit war zu gehen. Entmutigt, weil die Männer in ihrem Gespräch die Identität des Mörders mit keiner Silbe erwähnt hatten, erhob sich Natalio, um sie zu verabschieden.

»Gute Nacht«, sagte er zu ihnen.

»Gute Nacht«, antwortete der Sympathischere der beiden und ließ seinen Blick auf ihm ruhen.

»War noch etwas?«, fragte Natalio begierig.

Der andere wog seine Worte ab.

»Nichts, wir wollten Ihnen nur sagen, dass wir bereits wissen, wer die Kleine umgebracht hat.«

Ein eisiger Schauer durchlief Natalio: »Wer?«, fragte er und versuchte, seine Erregung im Zaum zu halten.

»Einer, den sie Gitano nennen ...«

Als der Mann sah, dass Natalio der Name nichts zu sagen schien, fügte er hinzu: »Der mit dem schwarzen Dodge.«

Natalio pochten die Schläfen vor Zorn. Er wusste nicht, wen sie meinten, aber er würde ihn sich holen. Sie mussten ihm nur sagen, welchen Weg er nehmen sollte.

»Wo wohnt er?«

Der Mann schnaubte mit den Lippen.

»Hier werden Sie ihn nicht finden ... Er ist nicht aus der Gegend.«

»Der verdammte Gitano ist ein Schwein«, fügte der andere Mann hinzu, »er hat in mehreren Siedlungen offene Rechnungen.«

»Diese hier wird er mir bezahlen«, versicherte Natalio, »ich werde diesen Hurensohn nämlich umbringen.«

Der Mann schüttelte den Kopf.

»Wieso nicht?«, fragte Natalio aufgebracht.

»Das übernimmt schon ein anderer«, sagte der Mann, »eben erst hat Ramón Castaños sein Wort gegeben, ihn zu töten.«

»Dazu hat er keine Veranlassung«, urteilte er.

Wieder schüttelte der Mann den Kopf.

»Der Junge hat es bereits geschworen, und es würde einen schlechten Eindruck machen, wenn er nicht Wort hält … außerdem ist es seine Angelegenheit, er wollte Ihre Tochter nämlich heiraten.«

Die Antwort beschwichtigte den Alten. Wenn Ramón sich bereit erklärt hatte, Adela zu rächen, musste er seinen Entschluss respektieren.

»Gitano hat sich gleich aus dem Staub gemacht«, fügte der Mann hinzu, »aber Ramón hat versprochen, ihn sich vorzuknöpfen.«

»Ich gehe später bei ihm vorbei, um mich zu bedanken«, sagte Natalio.

4

Das erste Mal, als Gitano sie umarmt hatte, war Gabriela Bautista erschrocken, nicht wegen dem, was er tat, sondern wegen dem, was sie dabei empfand. Der Mann hatte sie überrascht und um die Taille gepackt, als sie von dem Gehege auf der Brache hinter dem Haus zurückkehrte, wohin sie den Zicklein das Futter gebracht hatte. Sie versuchte sich zu befreien. Pedro, ihr Mann, würde bald mit dem Tiertransporter eintreffen, der die Baumwollpflücker von den Plantagen des Salado abholte. Gitano machte sie gefügig, mehr mit Worten als mit Gewalt.

»Wenn du willst, lasse ich dich los«, sagte er zu ihr.

Sie hörte auf, sich zu sträuben. Ihre Blicke waren sich oft genug begegnet, um zu begreifen, dass diese Umarmung kein Zufall war. Allerdings waren Ort und Zeitpunkt ungünstig und gefährlich. Gabriela wollte sich von diesem Mann, der sie an sich presste, gar nicht losmachen, doch genauso wenig hatte sie im Sinn, ein Unglück heraufzubeschwören. Um ihn zu besänftigen, ohne ihn zurückzuweisen, fiel ihr nichts Besseres ein, als ihren Körper schlaff zu machen und den Blick in die Ferne zu richten.

Gitano wusste nicht, wie er diese plötzliche Nachgiebigkeit der Frau, die ihm in die Arme glitt, deuten sollte. Als Reaktion presste er sie noch fester an sich. Sie tat nichts, bot keinen Widerstand. Enttäuscht ließ er sie los, ohne zu begreifen, dass Gabriela hinter ihrer Gleichgültigkeit ein Begehren verbarg, das sie erstickte.

»Ich geh besser«, murmelte Gitano halb ärgerlich, halb beschämt.

Ohne im Geringsten die Miene zu verziehen, sagte Gabriela: »Lass mich nicht los.«

Wie betäubt drehte sich Gitano zu ihr um und küsste sie auf die Lippen. Aus Gewohnheit streckte Gabriela ihre Hände aus und legte sie um seinen Oberkörper. Unter dem Stoff des schweißgetränkten Hemds tastete sie die Narbenhügel ab, die den Rücken wellten. Sie wurde hochgradig erregt. Sie fand diesen wulstigen Rücken eindrucksvoll und männlich. Sie straffte ihren Körper, wühlte mit der Zunge in dem bitteren Mund Gitanos und schob ihn von sich weg.

»Geh«, befahl sie.

Erhitzt wollte Gitano sie erneut an sich ziehen, doch Gabriela stemmte ihm energisch ihre Unterarme entgegen.

»Geh«, wiederholte sie, »Pedro wird bald da sein … Wir sehen uns später.«

Zufrieden verließ er sie, Gabriela würde ihm nicht mehr entwischen. Sie blieb mitten im Vorgarten stehen, während sie die Hitze erduldete, die sich zwischen ihren Beinen ausbreitete.

In jener Nacht hatte sie unaufhörlich an den vernarbten Rücken denken müssen, wie sie es auch zwei Jahre später tat, in der Nacht, in der Pedro ihr mitteilte, dass Gitano der Mörder von Adela Figueroa sei. Nur dass sie ihn sich diesmal anders vorstellte. Es war nicht der Rücken, der sich so oft genussvoll über sie gebeugt hatte, sondern es war der Rücken eines Mannes, den sie so lange verfolgen würden, bis sie ihn vernichtet hatten. Das war ihr Albtraum: dass sie ihn von hinten massakrieren würden, denn töten konnten sie ihn nur von hinten. Es gab niemanden, der sich traute, Gitano gegenüberzutreten.

Unmöglich, dass Gitano das Verbrechen begangen hatte, das man ihm unterstellte. Sie allein wusste es mit Bestimmtheit, und sie allein konnte seine Unschuld beweisen. Doch die Wahrheit zu sagen, würde bedeuten, sich selbst zu verraten, ihr Leben für seines zu geben. Sie hatte Angst und dachte, dass sie nichts für seine Rettung tun konnte, gar nichts. Sie zog die Laken über sich und weinte. Wieder dachte sie an den Rücken, die gemeinsamen Stunden und die unbändige Lust, mit ihm zusammen zu sein. Nie hätte sie geglaubt, dass ihr Geheimnis ihr solchen Kummer bereiten könnte. Sie schloss die Augen und versuchte, in der schwülen Nacht einzuschlafen.

5

Justino Téllez warf sich auf seinem Bett hin und her, und wieder öffnete er die Augen. Sein Kopf fuhr Karussell. Nicht wegen der unzähligen Biere der Marke *Victoria,* die er getrunken hatte, sondern wegen der schlaflosen Stunden in einer von Moskitos und klebriger Hitze erfüllten Nacht, wegen eines vagen Gedankens, der ihn nicht losließ und ihm dem Schlaf raubte.

Es gab keinen Grund zur Sorge. Das Verbrechen war bereits aufgeklärt. Außer Ranulfo Quirartes Darstellung gab es noch andere, die das Gebaren Gitanos und damit seine Schuld bestätigten: Torcuato Garduño erinnerte sich, ihn mehrmals am frühen Morgen gesehen zu haben, wie er um Adelas Haus geschlichen war. Macedonio Macedo versicherte, ihn beim Schleifen eines Messers gesehen zu haben, das mit dem identisch war, das man Lucio Estrada gestohlen hatte. Pascual Ortega berichtete von den obszönen Komplimenten, die Gitano Adela zugerufen hatte und denen sie mit stoischer Gleichgültigkeit begegnet war. Juan Carrera hatte ihn von seiner furchtbaren Eifersucht erzählen hören, die er wegen einer Frau aus dem Dorf hegte, in die er anscheinend verliebt war, deren Namen er jedoch verschwieg. Und Pedro Salgado bestätigte, dass er sich seit geraumer Zeit merkwürdig verhalten hatte. Alles wies darauf hin, dass Gitano der Mörder war.

Noch nicht einmal um neun Uhr morgens konnte Justino, der sich um fünf Uhr ins Bett gelegt hatte, einschlafen. Etwas stimmte nicht, ein vages, störendes Detail, das ihn um den Schlaf brachte, und das Justino, gepeinigt, wie er in seinem Suff war, nicht zu fassen bekam.

Lange Zeit warf er sich zwischen den Laken hin und her

und rang vergeblich um Schlaf. Verflucht, dachte er, was ist nur los mit mir? Ein bitterer Geschmack lief ihm durch den Hals und kratzte ihm auf der Zunge. Er war todmüde, doch die verdammte Ahnung, die ihm den Schlaf raubte, ließ sich nicht greifen. Wäre seine Frau noch am Leben gewesen, hätte sie ihm längst ein Mittelchen verabreicht, doch er war Witwer, und es gab niemanden im Haus, der ihm einen Rat hätte geben können.

Völlig benommen stand er auf und erreichte stolpernd einen Flechtkorb, den er als Speisekammer benutzte. Er durchwühlte den Inhalt auf der Suche nach etwas, das ihm die Unruhe nehmen würde. Er holte ein Glas Pulverkaffee hervor, eine Dose Milchpulver, ein paar verpackte Maispasteten, ein Stück trockenes Pferdefleisch, Tomaten und grüne Chilis, bis er schließlich auf das stieß, was er brauchte: ein paar Ebenholzsamen.

Er legte sie zum Aufkochen in einen Topf. Als sich das Wasser rot färbte, nahm er den Topf von der Kochplatte und fügte zwei Löffel Milchpulver hinzu. Schluck für Schluck trank er den Aufguss, bis er alle war. Er kehrte ins Bett zurück und legte sich hin. Das Gebräu zeigte Wirkung, und Justino nickte langsam ein. Die vage Ahnung, mit der er sich das Hirn zermartert hatte, kam ihm dann und wann in den Sinn, doch es kümmerte ihn nicht, seine Schläfrigkeit war größer.

Er war beinahe eingeschlafen, als sich schlagartig ein Bild vor seine Träume schob und Klarheit schuf: das Bild von einem Fußabdruck, der eine Spanne und drei Fingerbreit maß, die Spur des Mörders. Der Fuß Gitanos musste mindestens zwei Fingerbreit länger sein. Ja, das war es, was ihm im Kopf herumgegangen war, und es war das Letzte, woran er dachte, bevor er in tiefen Schlaf fiel.

Liebesbriefe

1

Nach langem Ringen fiel Ramón Castaños schließlich der treffende Begriff ein, um das seit dem Vortag über ihn hereingebrochene Chaos zu beschreiben: »Schach«, murmelte er.

Torcuato Garduño und Jacinto Cruz, beide in trunkene Monologe versunken, hoben gleichzeitig die Köpfe.

»Waaas?«, fragte Torcuato mit lang gedehntem Vokal.

»Nichts«, antwortete Ramón.

Die beiden schauten ihn mit glasigen Blicken an und setzten ihr Gebrabbel fort. Ramón wiederholte bei sich: »Schach«, diesmal war es ein so leises Flüstern, dass die anderen ihn nicht hören konnten.

In Wirklichkeit wusste er nicht, was Schach bedeutete, doch in einem der Romane aus der Serie *Das Cowboybuch* schrie einer der Helden, als er sich von einem ganzen Apachenstamm umzingelt sah, seinen Kameraden mit dröhnender Stimme zu: »Wir stehen im Schach.« Ramón erinnerte sich nicht an den Ausgang der Handlung, doch brannte sich ihm für alle Zeiten das Wort ins Gedächtnis, das die Bedrängnis der Hauptfiguren auf den Punkt brachte und das er seither verwendete, um Notlagen zu beschreiben, in denen er steckte.

»Ich stehe im Schach«, dachte er düster und sah sich als von Apachen umzingelter Cowboy. Aber er stand noch viel mehr im Schach, als er um sieben Uhr morgens Natalio Figueroa auf den Laden zukommen sah, in dem er noch immer hinter dem Tresen stand, ohne geschlafen zu haben, dem Unsinn von ein paar Betrunkenen lauschend und außerdem in niedergedrückter Stimmung wegen seiner Liebschaft mit einer Toten, die er gezwungen war zu rächen.

Er flüchtete sich neben ein Regal, in der Hoffnung, dass der Alte ihn nicht bemerkte und vorbeiging. Umsonst, denn Natalio war zu dieser frühen Stunde genau auf der Suche nach ihm.

Der Alte betrat den Laden und murmelte ein »Hallo«. Torcuato und Jacinto drehten sich zu ihm um, und als sie ihn erkannten, erhoben sie sich schwerfällig. Ramón, dessen Augen vor Schlaflosigkeit geschwollen waren, erwiderte den Gruß mit einem schüchternen Kopfnicken. Natalio Figueroa, die Hände in den Hosentaschen, ließ sich auf einen Stuhl fallen und begann, die Fächer zu inspizieren, als wäre er nicht sicher, welche Ware er kaufen wollte.

Torcuato und Jacinto nahmen wieder Platz. Natalio kam Ramón noch ausgemergelter vor als am Vortag. Er erweckte den Eindruck, als könnte er bei jeder Bewegung auseinander fallen.

Ramón wollte weder mit ihm noch mit sonst jemandem eine Unterhaltung anfangen. Er sehnte sich danach, ins Bett zu gehen und drei Tage hintereinander zu schlafen.

»Hast du schon gefrühstückt?«, fragte Natalio mit der Absicht, ihn zu sich nach Hause einzuladen, um sich mit ihm allein unterhalten zu können.

»Ja«, antwortete er bestimmt.

Torcuato Garduño warf ihm einen ahnungsvollen Blick zu.

»Wann hast du gestern Abend hier angefangen?«, erkundigte er sich mit schleppender Stimme.

Mit der Hand wies Ramón auf ein Regalbrett, auf dem verschiedene Beutel mit Gebäck lagen.

»Ich habe genascht und bin nicht mehr hungrig«, log er, denn in Wirklichkeit zogen sich ihm die Eingeweide zusammen. Er hatte lediglich zwei Schokocremetörtchen und ein wenig Maisgebäck gegessen, doch sehnte er sich danach, Natalio und die beiden Betrunkenen so schnell wie möglich loszuwerden. Er hatte weder Lust zu reden noch wollte er sich länger auf den Beinen halten oder über Adela nachdenken. Das ganze Gebiffe ging ihm auf die Nerven.

Natalio verstand, dass der Junge müde war und genug hatte, doch wollte er dringend mit ihm sprechen.

»Meine Frau hat ein paar Maispasteten mit Ährenfisch zubereitet und mich gebeten, dich einzuladen«, fügte Natalio mit der Gewissheit hinzu, dass Ramón ein so direktes Angebot nicht zurückweisen würde.

Ramón klappte den Tresen zurück, bat Torcuato und Jacinto, sich von den Stühlen zu erheben, brachte sie zusammen mit dem Tisch in den hinteren Raum, schloss die Tür ab und sicherte sie, indem er einen Bindfaden durch die Metallösen zog. »Ich bin gleich zurück«, rief er seiner Mutter zu, verabschiedete sich von den beiden Nachtschwärmern mit einem »Wir sehen uns später« und sagte zu dem Alten: »Fertig, wir können gehen.«

2

Auf dem Weg zum Haus der Figueroas wurde Ramón auf einmal elend zumute. Nicht nur, weil er wieder in den Raum zurückkehrte, in dem der penetrante Geruch der Toten hing, sondern weil er sich bei jedem Schritt an der Seite von Natalio vorstellte, dass es Adela war, die neben ihm herlief. Beide hatten den gleichen Blick, die gleichen Gesten, und sogar ihre Art zu gehen ähnelte sich. Außerdem zirpten die Zikaden, und die Sonne brannte wie am vorherigen Morgen, an dem seine Arme Adelas warme Haut berührt hatten. So erwachte für ihn Adela bei jedem Schritt wieder zum Leben. Er sah ihr Lächeln im Lächeln ihres Vaters, sah sie atmen in seinem Atem, sah sie gehen in seinen Bewegungen. Ramón, der von ihr kaum zwei Sätze am Stück vernommen hatte, hörte sie sogar scherzen, weinen und lachen. Er blieb mitten auf der Straße stehen, um sich auszuruhen. Er schloss die Augen und rieb sich den Nacken. Anstatt zu verschwinden, wuchs das schemenhafte Bild von Adela in seinem Innern. Es wuchs so sehr, dass er dem Alten einen verzweifelten Blick zuwarf, dem nichts anderes einfiel, als ihn zu fragen: »Was ist los mit dir?«

Natalios krächzende Stimme zerstörte den Zauber, und Adelas Erscheinung zerfiel im Morgenstaub.

»Nichts … es ist nichts«, antwortete Ramón mit einem raunigen Seufzer.

Sie erreichten das Haus, und Ramón trat ein. Ein bekannter Duft strömte ihm entgegen: der Rosenduft, den Adela getragen hatte, als er sie am Feldrand fand. Clotilde Aranda hatte ein paar Tropfen davon versprüht, um den Leichengeruch zu vertreiben. Der süße Blumenduft brachte Ramón aus der Fassung. Durch die Nase schlich sich Adelas Geist wieder bei ihm ein. Er konnte sie plötzlich auf der Pritsche ausmachen, nackt, nach Rosen duftend, die Arme nach ihm ausgestreckt. Es ist ein Traum … Ich bin müde, dachte er, und er stellte sich darauf ein, eine Zeit lang die Allgegenwart der Toten zu ertragen, wandte sich von Adela auf der Pritsche ab und setzte sich an den Frühstückstisch.

Clotilde servierte die Maistaschen mit gebackenen Bohnen und schwarzem Kaffee. Ramón aß hastig, beinahe ohne den Blick vom Teller zu heben. Er war so auf jeden einzelnen Bissen konzentriert, dass Natalio und Clotilde beschlossen, ihn nicht abzulenken und in grüblerischem Schweigen an ihrem Kummer kauten.

Nach dem Frühstück räumte Clotilde das Geschirr ab. Gründlich säuberte sie den Tisch, damit nichts auf seiner Oberfläche liegenblieb. Natalio erhob sich feierlich und holte eine Pappschachtel. Er stellte sie auf seine Knie, öffnete sie und entnahm ihr eine Hand voll Papiere.

Vorsichtig zog er eins heraus.

»Das ist Adelas Zeugnis aus der ersten Klasse der Hauptschule«, erklärte er. Seine ausgestreckte Hand reichte Ramón das vergilbte Blatt.

»Sie war eine gute Schülerin ... Die Lehrerin sagte, dass sie die Fleißigste in der Schule war«, fuhr Natalio mit einem Anflug von Stolz fort.

Bevor er sich die vielen Einsen und Zweien in Spanisch, Mathematik, Sozialkunde und Naturwissenschaften anschaute, betrachtete Ramón Adelas Foto, das oben auf dem Zeugnis festgeheftet war. Es war ein zerknittertes und dunkles Schwarzweißfoto im Dreiviertel-Profil. Adela hatte einen ernsten Ausdruck, die Haare waren zurückgekämmt, die Stirn frei und die hellen Augen auf einen unbestimmten Punkt gerichtet.

»Da war sie dreizehn«, erläuterte Clotilde, »und sie war die Größte in der Klasse.«

Ramón wandte sich zu ihr, um ihr eine belanglose Frage zu stellen, doch die Frau war wieder in Schweigen versunken und schenkte ihm keine weitere Beachtung. Irgendetwas war ihr in den Sinn gekommen, das ihrem Gesicht einen abwesenden und kindlichen Ausdruck gab. Ramón betrachtete noch einmal das Porträt. Adela trug keine Ohrringe. Auch konnte man weder Lippenstift noch Wimperntusche entdecken. Um ihren Hals hing eine dünne Kette, die zwischen den Falten ihrer Bluse verschwand, einer weißen Bluse.

Ramón fragte sich, ob sie an dem Tag, an dem das Foto entstanden war, einen gelben Rock getragen hatte. Er konnte sie sich nicht anders angezogen vorstellen als an dem Nachmittag, an dem er sie kennen gelernt hatte.

Natalio durchsuchte die Schachtel und holte eine weitere Fotografie hervor, ein farbiges Polaroid, verblasst und milchig, auf dem Adela auf einer schmiedeeisernen Bank vor einem Kiosk saß.

»Das ist das letzte Foto von ihr«, sagte der Alte mit brüchiger Stimme, »es war kurz bevor wir hierher gekommen sind.«

»Wo ist das?«, fragte Ramón.

»Auf dem Hauptplatz von León, an ihrem Geburtstag«, antwortete Clotilde.

Ramón wollte nach dem Datum fragen, doch er traute sich nicht. Adela lächelte auf dem Foto. Ramón hatte sie nie lächeln sehen. Er erfuhr auch niemals ihr Geburtsdatum.

3

Zwischen Fotografien, Haarlocken, Zeugnissen, kaputten Puppen, Weihnachtskarten und Schulmedaillen verging der Morgen für Ramón. Clotilde und Natalio versuchten, sich mit Überbleibseln ihre Tochter – mehr für sich selbst als für Ramón – ins Gedächtnis zu rufen.

Anfänglich hörte Ramón ihnen aufmerksam zu; das Frühstück hatte seine Stimmung aufgehellt. Doch gegen Mittag übermannte ihn die Müdigkeit. Betäubt vernahm er die Erzählungen der Alten. Mehrmals bat er um starken Kaffee. Er wollte die Schwere vertreiben und, vor allem, vermeiden, dass sich das Gesicht des Vaters in das von Adela verwandelte. Dreimal unternahm er den Versuch zu gehen, doch schmückten die Alten die Verabschiedungen mit weitschweifigen Erinnerungen aus und vereitelten sie so. Beim vierten Mal – Ramón war fest entschlossen zu gehen – hielt Natalio ihn mit einem »Warte ein Momentchen« zurück. Er ging zum Schrank und kehrte mit einem Stapel Briefe zurück, die er auf den Tisch legte.

»Sie gehören dir«, sagte er.

Verständnislos starrte Ramón auf die Briefe.

»Mir? Wieso?«

»Adela hat sie dir geschrieben«, antwortete der Vater.

Ramón, der in seinem Wunsch zu gehen bereits aufgestanden war, setzte sich wieder hin. Clotilde mischte sich ein: »Adela hat uns von dir erzählt.«

Ramóns Herz schlug schneller. Das musste ein Irrtum sein, er hatte wirklich nichts mit ihr zu tun.

Die Frau nahm das Bündel Briefe und drückte es ihm in die Hand.

»Nimm sie mit«, bestimmte sie sanft, »es sind Liebesbriefe.«

Bestürzt wollte Ramón sie zurückgeben. Clotilde weigerte sich mit Entschiedenheit.

»Meine Tochter mochte dich sehr, kränke sie nicht, jetzt, wo sie tot ist«, sagte sie verbittert.

»Sie gehören dir«, wiederholte Natalio, als er den Argwohn des Jungen sah, »sie hat sie dir nachts geschrieben, wenn sie dachte, wir schliefen.«

Ramón nahm das Bündel entgegen. Obwohl er es nicht glauben wollte, hegte er nicht den Verdacht, dass die Alten ihn belügen wollten.

Er verabschiedete sich, doch bevor er sich auf den Weg machen konnte, hielt Natalio ihn zurück.

»Danke«, sagte er.

»Wofür?«, erkundigte sich Ramón zögerlich.

»Dafür, dass du meine Tochter liebst und mich von der Bürde befreist, einen Menschen töten zu müssen.«

Er ließ Loma Grande so weit er konnte hinter sich, indem er, die Briefe unter dem Arm, mit langen Schritten durch das Dorngestrüpp ging. Er suchte ein schattiges Plätzchen, wo er sich hinsetzen und in Ruhe lesen konnte. Er entschied sich für einen Stein, der am Stamm eines Mezquitebaums eingelassen war. Die Briefe, es waren an die fünfzig, steckten in unfrankierten Umschlägen, und ausnahmslos alle Blätter dufteten nach Rosenwasser.

Aufs Geratewohl überflog er sie. Die meisten waren an einen anonymen »Liebsten« gerichtet. Die restlichen nicht einmal das. Zeichnungen von Blumen und Herzchen mit der Inschrift »Du und Ich« bedeckten die Seiten. Einige waren in gewissenhafter und schnörkeliger Schönschrift geschrieben, andere in unleserlichen Zackenlinien gekritzelt. Der Satzbau war holprig und chaotisch, ein Durcheinander von unzusammenhängenden Sätzen. Ramón kam schnell auf den Grund: Adela hatte ihre eigenen Sätze mit Versen aus bekannten Liedern kombiniert, die sie aus den Liederbüchern *Notitas Musicales* abgeschrieben hatte. Bei so viel Chaos konnte man auf den Gedanken kommen, dass es sich um geheime Botschaften an einen Geliebten handelte, der genauso gut Gitano hätte sein können. Ramón hätte es geglaubt, wenn er nicht auf fünf Zeilen gestoßen wäre, die ihm den nagenden Zweifel nahmen:

Heute habe ich dich im Laden kennen gelernt. Du bist der Mann meiner Morgendämmerung. Ich mag dich so sehr. Ich werde noch hundert Mal in den Laden kommen, nur um dich zu sehen. Ich möchte deine einzige Liebe sein.

Dieser Absatz genügte, damit Ramón seine oberflächliche Leseweise veränderte. Von da an fand er eine Unmenge versteckter Hinweise, die mit den drei Malen, bei denen sie sich gegenübergestanden hatten, übereinstimmten. Adela spielte dabei auf Details an, die nur sie beide kannten. Es gab für ihn keinen Zweifel mehr: Adela hatte ihn heimlich geliebt. Jetzt musste er ihre Liebe entsprechend erwidern.

Clotilde Aranda und Natalio Figueroa waren in eine tiefe Siesta gesunken, als es an ihrer Tür klopfte. Natalio schob einen der Vorhänge zurück und sah Ramón vor dem Haus stehen.

»Was ist los?«, fragte er vom Fenster aus.

Ramón trat näher. Er trug die Briefe bei sich. Er sah erregt und verschwitzt aus.

»Ich möchte Sie um etwas bitten«, sagte er.

»Was?«

Ramón kam noch näher und schöpfte Luft. Seine Silhouette befand sich im Gegenlicht.

»Schenken Sie mir ein Foto von Adela.«

Der Alte, geblendet von der Nachmittagssonne, die hinter Ramón aufleuchtete, schüttelte den Kopf.

»Du hast alle gesehen, die ich habe.«

»Ich weiß. Aber ich hab keins«, protestierte Ramón.

Natalio zauderte. Er wollte keines der acht Fotos hergeben, die er von seiner Tochter besaß. Es war das Lebendigste, was von ihr geblieben war.

»Nein«, widersetzte er sich mit Bestimmtheit.

Clotilde trat zu ihnen. Sie streckte eine Hand aus. Zwischen ihren Fingern tauchten die acht Fotografien angeordnet wie Pokerkarten auf. Natalio warf ihr einen vorwurfsvollen Blick zu. Trotzdem sagte sie: »Ich leih dir eins.«

Ramón sah sie durch: Adela mit drei Jahren im Schoß einer alten Frau, mit fünf zusammen mit anderen Kindern, mit zehn, wie sie einen Patenonkel begrüßt, mit elf bei der Erstkommunion, mit elf vor dem Kirchenportal an der Seite des Pfarrers und ihrer Eltern bei ihrer Erstkommunion, mit vierzehn, wie sie den Kopf aus einem Busfenster streckt, mit fünfzehn bei einer Schulfeier und mit fünfzehn, ihrem Geburtstag, auf der schmiedeeisernen Bank. Natalio hatte ihm die Geschichte jeder einzelnen Fotografie erzählt, wo sie sie aufgenommen hatten, wer dabei war, das Datum, den Anlass.

Clotilde öffnete den Fächer.

»Nimm eins«, sagte sie zu Ramón.

Ramón betrachtete sie erneut von links nach rechts und von rechts nach links.

»Ich möchte keines von diesen«, sagte er.

Clotilde zuckte mit den Schultern.

»Welches dann?«, fragte sie verwirrt, »wir haben kein anderes.«

Noch immer von der Sonne in Ramóns Rücken geblendet, konnten sie nicht sehen, dass er auf die Schachtel zeigte, die noch immer auf dem Tisch stand.

»Das da.«

Clotilde spähte in den Raum.

»Welches?«, erkundigte sie sich.

»Das, was an das Zeugnis geheftet ist.«

Clotilde holte das Foto. Vorsichtig löste sie die Klammer, um es nicht zu beschädigen, und überreichte es ihm mit der Ermahnung: »Es ist geliehen.«

»Und Wiedersehen macht Freude«, fügte Natalio hinzu.

Er ging nach Hause. Er begrüßte seine Mutter mit einem »Morgen« und streckte sich auf seinem Bett aus. Obwohl er erschöpft war, las er noch einmal sämtliche Briefe. Kein einziger trug ein Datum, trotzdem versuchte er, sie in eine zeitliche Reihenfolge zu bringen. Mit einem Bleistift zeichnete er eigene Herzchen darauf, und damit es keinen Zweifel über den Adressaten der Briefe gab, schrieb er unzählige Male »Ramón und Adela« hinein. Er nahm das Foto aus der linken Tasche des Hemdes, das ihm Pedro geliehen hatte, und betrachtete es lange. Für einen Moment vergaß er, dass Adela bereits ein regloser Körper unter der Erde war. Er vergaß es, weil er sie an seinem Bettrand sitzen sah, das Haar zu einem Pferdeschwanz zusammengebunden und mit einem Lächeln auf dem Gesicht. Er vergaß es, weil er bereits eingeschlafen war und träumte.

Eine Spanne und drei Fingerbreit

1

Justino Téllez erwachte, aufgeschreckt vom Dröhnen seiner eigenen Schnarchlaute.

»Ist da jemand?«, rief er.

Er stand auf und spähte in jeden Winkel. Als er niemanden entdecken konnte, dachte er, dass irgendeine Katze den Lärm verursacht hatte. Seine Finger wurden nass, als er sich mit der Hand über den Kopf strich. Eine klebrige Hitze lastete auf dem Haus. Die Luft fühlte sich ölig an.

»Verflucht«, brummte er.

Er war in seinen Kleidern eingeschlafen. Das geschah ihm andauernd, und jedes Mal ärgerte er sich darüber. Er hinterließ darin den Gestank nach altem Mann. Er zog das Hemd aus und tauchte einen Schwamm in die Waschschüssel. Er erfrischte sich Arme, Hals und Achseln und betrachtete sein Unterhemd. Es war braun vom Schweiß. Er wollte es wechseln, doch die beiden anderen, die er besaß, waren noch schmutziger. Er beschloss, es anzulassen. Es kümmerte sowieso niemanden mehr, ob es schmutzig war oder nicht.

Er spuckte nach Schlaflosigkeit und saurem Bier schmeckenden Speichel aus, gurgelte mit Wasser und öffnete die Tür, um das Zimmer zu lüften. Draußen brannte die Sonne. Justino blickte auf die Uhr.

Vier Uhr, dachte er, und diese verdammte Sonne hört nicht auf zu scheinen.

Er ging zum Ofen und zündete ihn an. Die Flamme flackerte schwach, ein Zeichen dafür, dass das Gas bald alle sein würde. In Kürze müsste er nach Mante fahren und die

Flasche auswechseln. Er stellte eine Pfanne mit dem restlichen Gürteltierspeck, den ihm sein Kumpel Héctor Montanaro geschenkt hatte, auf die Flamme und ließ ihn mehrere Minuten braten. Er mochte den bitteren Geschmack von verbranntem Fleisch.

Genüsslich kaute er Bissen für Bissen und nagte jeden Knochen ab, bis er sauber war. Zwischendurch öffnete er eine Cola, die er in einem Zug leertrank. Die Fußabdrücke des Mörders fielen ihm wieder ein. Er musste noch einmal an den Ort des Verbrechens, um sie auszumessen. Danach würde er zu Rutilio Buenaventura gehen und ihn nach der Schuhgröße Gitanos fragen.

Er verließ das Haus mit einer Tüte Speisereste. Zwei magere räudige Hunde kamen herbei, strichen um ihn herum und wedelten mit dem Schwanz. Justino warf ihnen die Reste hin, und die Hunde machten sich unter gegenseitigem Knurren darüber her.

Er nahm den Weg, der zum Fluss führte. Der Abend senkte sich, doch ließ die Hitze, die in der Landschaft wie verwurzelt war, nicht nach. Ein paar Drosseln krächzten in den Wipfeln eines Mezquitebaumes. Zwischen den Feigenkakteen tauchten hin und wieder graue Schlangen auf. Justino packte einen Stein, um ihn ihnen an den Kopf zu werfen, bevor sie ihm in die Quere kamen. Als Kind hatte er sie so gejagt. Er betäubte sie mit Steinwürfen, um sie dann mit einem Handkantenschlag in den Nacken zu töten. Es war schon eine Weile her, dass er eine auf diese Weise erwischt hatte. Doch das hinderte ihn nicht daran, es öfters zu versuchen.

Er erreichte das Hirsefeld. Die Nachmittagsstille gefiel ihm. Die Wachteln erfüllten mit ihrem Gesang den Acker.

Ein paar Tauben mit weißen Flügeln pickten Körner von den Hirsehalmen. Er ging genau zu der Stelle, an der Adela gestürzt war. Von den Spuren des Verbrechens waren nur noch ein dunkler getrockneter Blutfleck und, durch das Gewicht der Leiche, abgeknickte Hirsehalme geblieben. Es schien ein Acker wie viele andere zu sein, wenn auch nicht mehr lange. Victor Vargas, der dort anbaute, hatte vergangene Nacht in Anwesenheit mehrerer Leute geschworen, dass er ihn nicht mehr bestellen würde.

»Den Geruch des Todes kriegt man nicht mehr weg«, erklärte er.

Der Grund und Boden war dazu verurteilt zu verwildern. Niemand würde versuchen, es zu pachten oder das Nutzungsrecht zu bekommen.

2

Justino erforschte das Gebiet. Noch waren die Spuren deutlich zu erkennen, die Adela und ihr Mörder hinterlassen hatten. Er ging in die Knie und nahm Maß: eine Spanne ihr Abdruck, eine Spanne und drei Fingerbreit die des Verbrechers. Um sicherzugehen, wiederholte er den Vorgang. Aus Neugier maß er seinen eigenen Abdruck: eine Spanne und etwas über drei Fingerbreit. Der Mörder musste wie er Größe dreiundvierzig tragen.

Zwischen den Ackerfurchen folgte er der Spur, um festzustellen, wo sie herkam. Manchmal verlor er sie, doch er suchte so lange herum, bis er sie wieder fand. Die lose Erde um die Abdrücke bewies, dass beide gerannt waren und dass Adela so lange nicht Halt gemacht hatte, bis sie ermordet worden war. Die Spur führte auf eine unzugängliche und dicht bewachsene Weide. Justino wagte es nicht, sie zu durchqueren. Abends um diese Zeit trieben sich Lanzenottern im hohen Gras herum. Er fürchtete sich davor, von einer dieser Giftschlangen angegriffen zu werden. Er hatte gesehen, wie Rinder an ihrem Biss zugrunde gegangen waren; sie brüllten unkontrolliert und schlugen wütend aus, bis sie von Krämpfen geschüttelt zu Boden gingen.

Er lief um die Weide herum und erreichte das Flussufer. Er schätzte die Stelle, an der er der Spur nicht weiter gefolgt war, und mit Hilfe imaginärer Koordinaten suchte er das sumpfige Ufer ab. Er fand nichts weiter als Fährten von Wild und Dachsen. Auf seiner Suche stieß er auf eine enge Viehtrift, die das Dickicht entlang dem Flussufer durchbrach. Er zwängte sich hinein und kam nur mühsam voran, wobei er sich fortwährend duckte, um nicht von den niedrig hängenden Zweigen zerkratzt zu werden. Der Weg wurde immer unzugänglicher. Als er reumütig umkehren wollte, war es zu spät. Er hatte über zweihundert Meter zurückgelegt. Der Rückweg wäre genauso mühevoll wie der Hinweg. Er beschloss weiterzugehen. Auf seinem Marsch erhoben sich Schwärme von Moskitos von den Blättern der Büsche und übersäten ihn mit Stichen. Justino versuchte, sie mit der Hand totzuschlagen, und obwohl er ein paar erwischte, gelang es ihm nicht, der Stechorgie zu entgehen. In dem grünen Tunnel wurde es immer heißer. Feuchtigkeit und Schlamm klebten ihm auf der Haut. Der Schweiß tränkte seine Kleider, und sein Rücken krachte von der krummen Haltung, in der er sich vorwärts bewegte. »Was zum Teufel mache ich hier?«, brummte er laut.

Beinahe auf allen vieren legte er noch einmal zweihundert Meter zurück. Der Pfad mündete in eine weite Lichtung, die verborgen unter einer Baumgruppe lag.

Justino verließ den Pfad und setzte sich auf einen verlassenen Termitenhaufen, um sich auszuruhen. Ein paar Papageien schrien alarmiert durch seine Anwesenheit. Justino warf einen Erdklumpen nach ihnen, um sie zu vertreiben. Die Vögel flogen auf die andere Seite des Flusses, wo sie ihr Gekreische fortsetzten.

Obwohl er ziemlich schlapp war, beschloss Justino, eine letzte Anstrengung bei seinen Ermittlungen zu unternehmen. Zu gerne wollte er nähere Einzelheiten über das Verbrechen herausfinden.

Er kannte diese Gegend nicht besonders gut, doch wies alles darauf hin, dass die Weide, die er gemieden hatte, auf dieser Lichtung endete. Nur dass das Gras dort niedriger und spärlicher war, ein natürliches Gehege, wo das Vieh weidete.

Er erhob sich und erforschte die Lichtung. In der Erde, aufgeweicht durch die Nähe zum Fluss, war jeder Abdruck deutlich zu erkennen, doch waren die Fährten von Pferden und Rindern so zahlreich, dass es Justino schwerfiel, die Spur wieder aufzunehmen. Es wäre ihm nicht gelungen, hätte er nicht ganz in der Nähe einer Palme einen Streifen Grün entdeckt, der mit der Machete geschnitten worden war und in dessen Mitte er zusammengefaltet auf einer weißen Decke einen schwarzen Rock und eine blaue Bluse fand.

3

Man hatte sie nicht gewaltsam ausgezogen. Keines der Kleidungsstücke war beschädigt oder zerrissen. Im Gegenteil, sie waren sorgfältig zusammengelegt, ohne Fleck oder Falte. Unter der Bluse lagen die Schuhe, der Slip und der Büstenhalter. Darum herum die Fußabdrücke der beiden. Justino nahm sie einzeln in Augenschein. Sie führten vom Flussufer herauf und deuteten auf eine unerklärliche Tatsache: Mörder und Opfer waren gemeinsam an diesen Ort gekommen. Ihre gemeinsamen Schritte waren deutlich erkennbar. An einigen Stellen zeigten die Fußspuren, dass sie sich gegenübergestanden hatten, als hätte sich das Paar geküsst oder umarmt. Am Anfang bestand die Spur aus Schuhabdrücken, Cowboystiefel mit hohem Absatz seine und die dort entdeckten Schuhe ihre. Später konnte man nach und nach die Spur nackter Füße ausmachen und dann einen kurzen Gang zu der Decke, die zum Liebesnest geworden war. Der Rest war ein einziges Durcheinander: Fußspuren des Mannes, zuerst nackt, dann in Stiefeln, die sich ungefähr fünfzig Schritte in Richtung Westen entfernten. Neben der Decke dann Adelas Spuren, die plötzlich in wildes Rennen übergingen. Seine hinter ihr her, die rasend schnell die fünfzig Schritte zurückgelegt und bei jedem Schritt Schlamm aufgewirbelt hatten. Die Verfolgung führte bis zum Weidenrand und von dort bis zu der Ecke des Hirsefeldes, wo Adela schließlich der wilden Jagd zum Opfer fiel.

Justino war verwirrt. Er konnte sich nicht erklären, welchen unverhofften Grund der Mörder gehabt haben sollte, Adela, Minuten, nachdem er mit ihr geschlafen hatte, eine Klinge in den Körper zu rammen. Zärtlich und gefügig hatte Adela ihren eigenen Tod vorbereitet. Die sorgfältig zusammengelegten Kleidungsstücke, die Liebesdecke, die versteckte und heimliche Nische, die Nacktheit in der Morgendämmerung fanden ihr Ende in einer besessenen Verfolgung und einem gut platzierten Messerstich. Was hatte diese wahnsinnige und tödliche Hatz ausgelöst?

Justino nahm den schwarzen Rock und die blaue Bluse.

Sie rochen nach Rosen. Sie waren der Beweis dafür, dass Adela mit ihrem Mörder ein Verhältnis gehabt hatte und zeigten, dass sie nicht gezwungen worden war, sich auszuziehen. Wenigstens widersprachen sie der Version von Ranulfo Quirarte, der versicherte, sie mit zerrissener Bluse gesehen zu haben.

Justino zog sein Messer heraus, und mit der Klinge schlitzte er die Kleider in Fetzen. Das Gleiche tat er mit der Unterwäsche und der Decke. Mit einem Palmenzweig verwischte er sämtliche Fußabdrücke. Er lief zum Fluss und schleuderte die Stofffetzen und die Schuhe in die Strömung. Die vernichteten Beweisstücke schwammen kurzzeitig in den Wirbeln aus Laub und Zuckerrohrresten mit und versanken flussabwärts.

Es hätte ihm nichts genützt, das Beweismaterial im Dorf zu zeigen. Es würde die anderen nicht von ihrer Meinung abbringen, dass Gitano der Mörder war. Er würde damit höchstens erreichen, dass der wirkliche Täter versuchen würde, sie zusammen mit dem, der sie gefunden hatte, verschwinden zu lassen. Er dachte auch nicht daran, die Neuigkeit zu verbreiten, dass Adela ein triebhaftes und lasterhaftes Mädchen gewesen war, gemeuchelt noch mit dem Nachgefühl des Orgasmus im Körper. Es kam nicht in Frage, die Eltern noch mehr zu peinigen. Das Beste war, nicht weiter Verwirrung zu stiften und zu hoffen, dass Gitano, wenn er wirklich unschuldig war, nie mehr nach Loma Grande kam oder, falls er es doch tat, die Daumen zu drücken, dass sie ihn nicht umbrachten.

Es wurde langsam dunkel. Um die Lichtung zu verlassen, nahm Justino den umgekehrten Weg, auf dem das Liebespaar zu seinem letzten Treffen in das Liebesnest gekommen war. Es war eine dunkle unzugängliche Strecke, geschützt von Sträuchern und Büschen, die auf die Bresche mündeten, die von Loma Grande nach Ejido Pastores führte.

In den Schatten der Dämmerung erkannte Justino Téllez, wo er sich befand, und wandte sich nach Süden, in Richtung von Rutilio Buenaventuras Haus.

4

Auf dem Walkman, den ihm Gitano geschenkt hatte, hörte sich Rutilio eine Kassette von den *Tigres del Norte* an. Diese und eine mit fiktiven Interviews mit Caro Quintero im Gefängnis waren seine Lieblingskassetten. Er besaß über sechzig Stück. Bei jedem Besuch brachte ihm Gitano vier oder fünf neue mit. Er kaufte sie ihm an den Tankstellen oder in den Raststätten der Trucker. Er versuchte, für Abwechslung zu sorgen: Cumbias, Mambos, Rock, Polkas, Hörspiele und sogar Radioübertragungen von den besten Fußballspielen der *Correcaminos* von der *Freien Universität von Tamaulipas.*

Der Walkman brachte ihm Zerstreuung an den endlosen Abenden. Er hatte sein Augenlicht vor acht Jahren verloren. Die Schuld für seine Blindheit gab er der monatelangen Arbeit in einem Schuppen, wo Pestizide gelagert wurden. Sicher war, dass ihn ein Trachom in die Dunkelheit verbannt hatte. Die Infektion war so heftig gewesen, dass ihm der behandelnde Arzt die Augenhöhlen ausschaben musste und in die Höhlungen zwei ungeschliffene und billige Glasprothesen einsetzte.

Justino schaute durch eins der Fenster und sah den Blinden mit dem aufgesetzten Kopfhörer und geschlossenen Lidern in einem Lehnstuhl lümmeln. Im Zimmer liefen ein Dutzend Hühner umher. Rutilio hielt sie im Haus, damit die Frettchen oder Waschbären sie ihm nicht raubten. Er lebte von den zwölf Hühnern und den fünfzig Dollar, die ihm eine seiner Töchter monatlich schickte, die als Kassiererin in einem der *Seven Eleven Self-Services* in Harlingen, Texas, arbeitete.

»Tag«, rief Justino vom Fenster aus. Eines der Hühner gackerte erschrocken und flatterte über den Blinden hinweg, doch Rutilio gab keine Antwort. Abgesehen davon, dass er mit einem leichten Fingertrommeln den Liederrhythmus begleitete, schien er zu schlafen.

»Tag«, wiederholte Justino, doch der Blinde rührte sich nicht. Er stieß die Tür auf und trat ein. Vorsichtig berührte er Rutilio an der Schulter. Erschrocken machte der Blinde einen Satz und riss seine Murmelaugen auf.

»Was gibts?«, fragte er.

»Ich bins, Justino.«

»Ich grüße dich, was für eine Überraschung«, sagte Rutilio, »setz dich irgendwo hin.«

Justino setzte sich neben ihn. Aus Gewohnheit zündete der Blinde bei Einbruch der Dunkelheit eine Gaslampe an, eine Geste der Aufmerksamkeit gegenüber möglichen Besuchern, obwohl fast niemand mehr in sein Haus kam. Justino besuchte ihn nur widerwillig, sein künstlicher Blick irritierte ihn. Trotzdem war er ihm sympathisch, und er unterhielt sich gern mit ihm.

»Eines meiner Hühner ist gestorben«, erzählte Rutilio, »ich glaube, die Hitze hat es umgebracht.«

In den Ecken lagen Federn, und Schmutz sammelte sich. Der gesamte Raum verströmte einen beißenden Geruch.

»Dass es gestorben ist, hab ich daran gemerkt, dass der

Raum auf einmal voller Fliegen war«, sagte er und fuhr fort, »der Mist ist, dass diese Scheißviecher nicht mehr verschwinden.«

Justino schaute zur Decke und stellte fest, dass es so viele waren, dass sie Muster bildeten. Er hätte beinahe vorgeschlagen, DDT zu sprühen, doch fiel ihm Rutilios Phobie gegen Schädlingsbekämpfungsmittel ein.

»Leg etwas von dem Papier aus, auf dem sie kleben bleiben«, riet er ihm.

Der Blinde lächelte.

»Nein, denn nachher vergess ich, wo ich es hingelegt hab, und am Ende bin ich es, der kleben bleibt.«

Justino lächelte ebenfalls.

»Ich kann dir keinen Kaffee anbieten, weil ich keinen hab«, sagte Rutilio entschuldigend, »doch im Topf sind gekochte Schnepfen mit Ei, wenn du möchtest.«

»Nein, danke, ich hab gerade gegessen«, antwortete Justino.

Nacheinander begaben sich die Hühner in ihre Nester, die ihnen der Blinde unter dem Bett gebaut hatte. Das Gurren der Vögel, die ihre Flügel aufplusterten, schuf eine friedliche Atmosphäre.

Nichts deutete darauf hin, dass der Blinde über das Verbrechen im Bilde war. Justino wusste nicht, wie er über Gitano etwas in Erfahrung bringen sollte.

Rutilio spürte, dass den Dorfvorsteher etwas umtrieb, und wandte ihm sein Gesicht zu. Sein gläserner Blick glänzte in der Flamme der Gaslampe.

Justino schauderte.

»Den Neuen wird noch mehr Grund und Boden zugeteilt«, erzählte er, wobei er versuchte, seine Irritation zu überspielen.

»Wie soll das gehen, wo es mehr Neuankömmlinge als Grundstücke gibt?«, bemerkte Rutilio und wartete vergebens auf eine Antwort, denn Justino verfiel in Schweigen.

»Was hast du auf dem Herzen?«, fragte Rutilio ohne Umschweife.

»Ich wollte dich etwas fragen«, sagte Justino und wich den spiegelnden Augen aus.

Rutilio warf den Oberkörper zurück.

»Was du willst, aber mach es nicht zu kompliziert.«

Justino hätte ihn gerne ausführlich befragt und ihm die Geheimnisse Gitanos entlockt. Ob er wusste, was er am frühen Morgen des Sonntag gemacht hatte, ob er irgendein Verhältnis zu Adela hatte, die Ursache für seine langen Aufenthalte in Loma Grande, die Gründe, weshalb er so eilig aufgebrochen war, alles Fragen, die in einer einzigen zusammenflossen: »Weißt du, welche Schuhgröße Gitano hat?«

Rutilio brach in Gelächter aus.

»Er ist mein Freund, nicht mein Geliebter«, sagte er, lachte noch einmal auf und beruhigte sich wieder.

»Ich weiß es nicht«, fügte er hinzu, »aber er lässt immer einen Koffer mit Klamotten hier, damit er nicht so viel zu schleppen hat … Kann sein, dass er dort ein paar Schuhe drin hat.«

Mit der unbestimmten Bewegung eines Blinden wies er in eine der Zimmerecken.

»Schau mal dort nach«, sagte er.

An der angezeigten Stelle fand Justino einen Koffer aus Sackleinen und machte sich daran, ihn zu durchsuchen.

»Und wozu willst du das wissen?«, fragte Rutilio.

Justino gab keine Antwort. Er hielt ein paar Turnschuhe in der Hand. Das Rätsel über Schuld oder Unschuld

Gitanos war gelöst: Die Turnschuhe maßen zwei Spannen seiner Hand.

»Fünfundvierzig!«, rief Justino aus.

Rutilio wandte sich nach ihm um.

»Ist José in irgendetwas hineingeraten?«, fragte er, wobei er mit dem »José« seine Vertrautheit mit Gitano unterstreichen wollte.

Justino seufzte, bevor er eine Antwort gab.

»In einen argen Schlamassel«, sagte er und legte die Turnschuhe zurück in den Koffer.

»Frauen?«, fragte der Blinde.

»Ja, Frauen«, antwortete Justino, und Lügen, dachte er. Warum hatte sich La Amistad die Szene mit dem Handgemenge und der Gewalt zwischen Gitano und Adela ausgedacht? Was bezweckte er damit? War er in Wirklichkeit der Mörder? Ihm fiel ein, dass er am Ort des Verbrechens keine Fahrradspuren entdeckt hatte. Weshalb hatte Ranulfo behauptet, dort gewesen zu sein? Wollte er damit etwas vertuschen, oder war es einfach eine dumme Lüge?

Justino erhob sich, um zu gehen. Er hatte die Unschuld Gitanos bewiesen. Nichts würde er unternehmen, um sie zu verteidigen. Wegen eines Fremden, den er kaum kannte, würde er sich nicht die Finger verbrennen.

Es ist sein Problem, nicht meines, dachte er.

Um sein Gewissen ein wenig zu beruhigen, warf er Rutilio unter der Tür zu: »Wenn du Gitano siehst, sag ihm, er soll sich vorsehen … Jemand will ihn umbringen …«

Rutilio wollte noch fragen, wer, doch spürte er, dass der andere nicht mehr im Raum war.

5

Erneut war Rutilio mit seinen Hühnern und seiner Schattenwelt allein. Er setzte sich die Kopfhörer auf, drückte aber nicht den Play-Knopf. Ihm war nicht nach Musik zumute. Er war besorgt. Er hing an Gitano. Er war der Einzige – seine Kinder eingeschlossen – der sich um ihn kümmerte, der die Klagen eines Blinden und die Verzweiflung eines alten Mannes ertrug. Der Einzige, der ihm seine Tollpatschigkeit im Dunkeln nachsah. Jetzt waren sie hinter ihm her, um ihn zu töten. Rutilio kannte den Grund: Gabriela Bautista. Wie oft hatte er ihn davor gewarnt, sich mit ihr einzulassen. »Das geht ins Auge«, mahnte er ihn, »ihr Mann ist ein hitzköpfiger Hund, und wenn er euch dabei erwischt, wird er euch abknallen.« Gitano lächelte herausfordernd: Seine Narben waren der Beweis dafür, dass gehörnte Ehemänner kaum etwas gegen ihn auszurichten vermochten. »Ja, aber Gabrielas Mann ist aus anderem Holz geschnitzt«, insistierte Rutilio, »der rammt dir das Messer in die Rippen, wenn du am wenigsten damit rechnest.« Mit einem Schulterklopfen dankte ihm Gitano für den Rat. »Mach dir keine Sorgen um mich, alter Freund, Unkraut vergeht nicht.«

Er war davon überzeugt, dass jemand Gitano bei seinen Tête-à-têtes mit Gabriela überrascht hatte. Beide wurden von Mal zu Mal dreister. Am Anfang achteten sie darauf, sich nicht zusammen in der Öffentlichkeit zu zeigen. Sie wählten abgelegene Plätze und geeignete Nächte. Seit einiger Zeit hatten sie alle Vorsicht fahren lassen und zeigten sich bedenkenlos. Sie gaben sich leidenschaftliche Küsse auf der Straße und begrapschten sich an Plätzen in der Nähe des Dorfs. Rutilio musste sich sogar an den Wochenenden, wenn Pedro zum Trinken aus Loma Grande verschwand, diskret aus seinem Haus verziehen, um es ihnen nachts als Schlafplatz zur Verfügung zu stellen. Müde vom stundenlangen Warten darauf, dass die Liebenden mit ihrem Gestöhne fertig wurden, und in Angst, sich Ärger einzuhandeln, weil er ein unerlaubtes Verhältnis begünstigte, bat Rutilio sie darum, ihren Ausschweifungen an einem anderen Ort nachzugehen. Gabriela und Gitano erhoben keinerlei Einwände. Der Blinde tat schon genug damit, ihr Geheimnis für sich zu behalten.

Am Ende hatten sie also die von Rutilio so häufig prophezeite blutige Rache Pedros heraufbeschworen. Es musste zwangsläufig so kommen. Gitano war mit einer verheirateten Frau ein zu großes Risiko eingegangen. Pedro hatte als der Betrogene Grund genug, und er konnte ihm keinen Vorwurf daraus machen, dass er seinem Rivalen auf den Fersen war. Er hatte das Recht, ihn zu töten. Rutilio wusste, dass es keine Möglichkeit gab, seinen Freund zu schützen, und dass er höchstens versuchen konnte, ihn zu warnen, ihn in Alarmbereitschaft zu versetzen. Aber wie sollte er das anstellen, wo er stockblind war? Wie die Nachricht streuen, wenn er sich kaum auf dem engen Raum seines Zimmers bewegen konnte? Wo ihn erreichen? Wem vertrauen, damit der ihn fand und warnte? Es gab keine andere Alternative, als abzuwarten, dass Gitano – mit seinem katzenhaften Geschick – dem Teufel noch einmal von der Schippe sprang.

6

Justino Téllez schluckte seinen Ärger runter und spuckte ihn verwandelt in Galle wieder aus. La Amistad hatte mit seiner Lüge alle an der Nase herumgeführt, und der Betrug gewann eine solche Eigendynamik, dass er nicht mehr aufzuhalten war. Dass Gitano in aller Augen Adelas Mörder war, war bereits eine unanfechtbare Tatsache, egal, welcher Unschuldsbeweis erbracht wurde. Daran war nicht mehr zu rütteln.

Trotzdem wollte Justino eine letzte Sache prüfen.

Er klopfte an die Tür. Ein halbnacktes, schmutziges und verschwitztes Bürschchen öffnete.

»Ist dein Papa da?«, fragte Justino.

Das Kind wandte sich um, und ein paar Sekunden später erschien Ranulfo Quirarte, genannt La Amistad, in der Tür.

»Tag«, grüßte er.

Noch immer hatte Justino den Geschmack von Galle im Mund, und es hätte ihm nicht schlecht gefallen, ihm ins Gesicht zu spuken.

»Tag«, grüßte er zurück.

»Komm rein«, bot Ranulfo an.

»Nein, danke, ich bin in Eile.«

Ranulfo erschlug einen Moskito, der ihn in die Stirn stach.

»Womit kann ich dienen?«

Justino überlegte, was er antworten sollte. Er wollte nicht, dass La Amistad merkte, dass er ihm auf die Schliche gekommen war.

»Hör mal, Ranulfo, sagtest du nicht, du hast letzte Nacht Gitano mit der Toten gesehen?«

Ranulfo schluckte nervös.

»Ja, hab ich nicht schon erzählt, was los war?«

Justino bewegte das Kinn, als wollte er sagen: »Ah, ja, ich erinnere mich«, und Ranulfo bewegte seines, als wollte er sagen: »Ah, jetzt erinnert er sich.«

»Was hat das Mädchen denn angehabt?«, erkundigte sich Justino.

Ranulfo erstarrte. Es war ihm nicht in den Sinn gekommen, dass man ihn das fragen könnte. Er musste sich etwas ausdenken.

»Das hab ich nicht genau gesehen, es war dunkel.«

Justino verharrte sekundenlang in Schweigen.

»Hast du nicht gesehen, dass die Bluse kaputt war?«, bohrte er.

Wieder zögerte Ranulfo mit seiner Antwort. Er konnte sich weder Zweifel noch Widersprüche erlauben.

»Ja, bei dem Handgemenge ist sie zerrissen«, bestätigte er.

»Ach, sieh an«, grummelte Justino.

»Was soll die Fragerei?«, wollte La Amistad wissen.

Der Gemeindevorsteher wiegte den Kopf.

»Nichts weiter.«

Ranulfo machte eine einladende Geste.

»Willst du wirklich nicht hereinkommen? Meine Alte brät gerade gepökeltes Rindfleisch.«

Justino sog den Bratenduft ein, der seinen Appetit anregte.

»Nein, danke«, sagte er, »aber wenn du so nett wärst, mir welches mitzugeben.«

»Natürlich«, sagte Ranulfo und ging ins Haus.

Justino tat so, als würde er sich die Schnürsenkel binden. Er beugte sich hinunter und maß Ranulfos Fußabdruck. Nein, er war auch nicht der Mörder: eine Spanne und ein Fingerbreit.

Donnerwetter, der Kerl hat ja Füße wie ein Kind, dachte er, das muss Schuhgröße vierzig sein.

La Amistad kehrte mit dem eingelegten Fleisch in einer Plastiktüte zurück. Er übergab sie dem Gemeindevorsteher.

»Danke«, sagte Justino, während er sie in der Hand wog, »das ist ja fast ein Kilo.«

Ranulfo blieb in der Tür stehen, bis sich der andere verabschiedete.

»Wir sehen uns«, brummte Justino. Er wandte sich zum Gehen, als er hinter sich sagen hörte: »Ich schwör dir, sie waren es.«

Justino drehte sich um. La Amistad hatte sich nicht von der Stelle gerührt.

»Wirklich, ich hab sie gesehen«, wiederholte Ranulfo mit solcher Überzeugung im Blick, dass Justino nicht mehr wusste, was er für wahr halten sollte.

»Ich glaub dir«, versicherte er ihm und ging, während er sich vorzustellen versuchte, was La Amistad an dem frühen Sonntagmorgen wirklich gesehen hatte.

Dienstag

1

Unter der lastenden Hitze dämmerte ein unfreundlicher Dienstagmorgen herauf. Die Witwe Castaños erwachte zeitig vom zornigen Quieken der Ferkel, die nach Futter verlangten. In Sorge um ihren Sohn hatte sie zwei Tage lang vergessen, sie zu füttern. Sie ging hinaus, nahm den Sack mit den Essensresten einer Woche und kippte ihn über die Bretterwand. Die Schweine stürzten sich lärmend in den Kampf um die Überbleibsel. In Windeseile hatten sie sie verschlungen und drückten ihre Rüssel wieder gegen das Stallgatter. Weil es altes Brot und Kartoffelschalen nicht mehr gab, leerte sie eine Packung Kekse der Marke *Marías.*

»Das wars«, sagte sie zu ihnen und klopfte sich die Hände ab.

Sie ließ sie nicht gerne ins Freie. Die anderen Leute im Dorf hatten die Angewohnheit, sie frei umherlaufen zu lassen, damit sie ihre Nahrung selbst fanden. Sie ekelte sich bei der Vorstellung, dass ihre Tiere Aas oder Exkremente fressen könnten. Ihre Cousine Dolores hatte Bandwürmer bekommen, weil sie Koteletts von Schweinen gegessen hatte, die von Zystizerkose befallen waren.

Die Sonne war noch nicht einmal aufgegangen, und der Tag roch bereits nach Schwüle. Die Witwe setzte ein paar Bohnen auf und nahm Platz, um Knoblauch zu schälen. Sie dachte an Gelasio, ihren ältesten Sohn. Seit über einem Jahr hatte sie ihn nicht gesehen. Er war in den Besitz einer Greencard gelangt und lebte in Kansas, wo er als Traktorfahrer arbeitete. Gelasio könnte Ramón am besten den Unsinn ausreden, sich mit Gitano anzulegen, und ihm klarmachen, dass genauso gut er in diesem Kampf auf der Strecke bleiben könnte. Doch Gelasio war dreitausend Kilometer weit weg, und so sehr sie es auch wünschte, würde es ihr kaum gelingen, ihren Sohn von seinen Plänen abzuhalten.

Die Bohnen begannen zu kochen. Die Witwe rührte den geschnittenen Knoblauch in den Topf. Der Kochdampf brachte sie noch mehr ins Schwitzen. Sie nahm einen feuchten Lappen und wischte sich damit über das Gesicht. Sie trat vom Herd zurück, ging zu der Wand, die ihr Zimmer von dem Ramóns trennte, schob den Türvorhang beiseite und betrachtete ihren schlafenden Sohn. Auch wenn ihr das, was möglicherweise bevorstand, Angst machte, war sie doch stolz auf ihn. Ramón hatte sich wie ein richtiger Mann benommen. Wenigstens ließ er sich von seinen Ängsten nicht kirre machen und musste sich nicht vorwerfen, ein Feigling gewesen zu sein. Diese Schmach war der Witwe vertraut: Graciano Castaños, ihr verstorbener Mann, hatte sein ganzes Leben an dem bitteren Nachgeschmack einer Jugendfeigheit zu kauen. Die Erinnerung daran quälte ihn so, dass er niemandem davon erzählte. Er beschränkte sich auf die Bemerkung, dass er zehn Jahre seines Lebens dafür geben würde, die Zeit bis zu jenem gespenstischen Augenblick zurückzudrehen, in dem ihn seine mangelnde Entschlusskraft in einen Schwächling verwandelt hatte. Obwohl er als einziger über den Vorfall Bescheid wusste, starb er gepeinigt von diesem längst vergangenen schwachen Augenblick.

Die Witwe ging zum Ofen und löschte die Flamme. Der aufwallende Dampf im Raum belästigte sie. Es reichte ihr, die Sommerhitze ertragen zu müssen. Sie fühlte sich einsam und traurig. Ohne Ehemann, mit fünf von sechs Kindern in alle Winde zerstreut, und den Sechsten in eine schicksalhafte Auseinandersetzung verwickelt. Zu allem Unglück war ihre beste Freundin Raquel Rivera nach Aguascalientes umgezogen.

Sie hätte Ramón gerne geweckt, ihn an ihre Seite gezogen und mit ihm ihr unbändiges Bedürfnis gestillt, stundenlang zu reden, von ihrem eintönigen Leben zu erzählen, ihrem Herzen Luft zu machen.

Sie lehnte sich auf das Fensterbrett und sah den Tiertransporter, der die Tagelöhner abholte, um sie auf die Baumwollplantagen der Rancho del Salado zu bringen.

»Halb sieben«, dachte sie.

Sie nahm ihren Geldbeutel, wischte sich noch einmal das schweißbedeckte Gesicht ab und verließ schweigend das Haus, um bei Prudencia Negrete Milch zu besorgen.

2

Zermürbt von einer Nacht voller Traumbilder erwachte er. Immer wieder spürte er Adela neben sich atmen. Erschrocken öffnete er die Augen und konnte sie in der Dunkelheit klar und deutlich erkennen: das zurückgekämmte Haar, die freie Stirn, die hellen Augen, der lange und nackte Körper. Adela lächelte. Sie flüsterte etwas Liebevolles. Sie umarmten sich. Ramón befühlte ihre trockene Haut, ihre anmutigen Brüste, ihren scheuen Leib, die Wölbung ihres blutüberströmten Rumpfs, die nässende und klebrige Wunde. Voll Entsetzen machte er einen Satz in die äußerste Ecke des Bettes und schlief erst wieder ein, nachdem er sich vergewissert hatte, dass Adelas Erscheinung aus den Laken verschwunden war.

Er setzte sich auf und hörte in der Ferne den Lastwagen mit den Tagelöhnern auf dem Weg nach Salado.

»Es muss gleich sieben sein«, murmelte er verdrießlich. Er war spät erwacht. Normalerweise öffnete er den Laden um fünf Uhr morgens. Um diese Zeit – noch im Halbdunkel – kamen die Tagelöhner, um Getränke, Speck, Kartoffelchips und Doughnuts zu kaufen und ein Schwätzchen zu halten, bevor sie zur Arbeit aufbrachen. Erst gegen acht Uhr, wenn ein paar Frauen ihre Einkäufe machten, belebte sich das Geschäft wieder.

Er setzte sich auf den Rand der Matratze. Obwohl er von den vielen Albträumen noch immer ganz benommen war, spürte er etwas, das ihn noch enger mit Adela verband: eine große Sehnsucht nach den versäumten gemeinsamen Augenblicken. Er richtete sich auf und betrachtete sich im Spiegel. Er trug noch immer das Hemd, das ihm Pedro geliehen hatte. Er musste es ihm so bald wie möglich zurückgeben. Sein Vetter sollte nicht glauben, dass er es sich bereits unter den Nagel gerissen hatte. Wahrscheinlich war Pedro mit den anderen Baumwollpflückern auf dem Weg nach Salado. Doch das war egal, er konnte es Gabriela bringen.

Er fühlte sich so gerädert, als hätte er drei Tage am Stück Zuckerrohr geschnitten. Die Muskeln waren verspannt und seine Beine taten ihm weh. Er tauschte das geliehene Hemd gegen ein blaues T-Shirt mit einem Loch an der Seite aus und ging in die Küche. Er gab drei Löffel Salz in ein Glas Wasser, spülte damit den Mund aus und spuckte mehrmals auf den Lehmboden. Ein ambulanter Zahnarzt hatte ihm dies als tägliche Pflege empfohlen. Auf diese Weise konnte man am besten üblen Mundgeruch loswerden. Er warf einen Blick in das Zimmer seiner Mutter und sah, dass sie nicht da war. Er beschloss, geschwind das Hemd zurückzubringen und sich so schnell wie möglich um das Geschäft zu kümmern.

3

Er klopfte dreimal an die Tür, doch niemand rührte sich. Beim vierten Mal erschien Gabriela Bautista, noch mit dem Abdruck der zerknitterten Bettlaken im Gesicht.

»Tag«, wurde sie von Ramón begrüßt.

Gabriela war überrascht, ihn zu sehen. Ramón war es, der sich bereit erklärt hatte, den Mann zu töten, den sie liebte, und sie konnte sich nicht erklären, was er so früh am Morgen vor ihrem Haus zu suchen hatte.

»Was ist?«, fragte sie unwirsch und abweisend.

Ramón streckte den Arm aus und reichte ihr das Hemd.

»Pedro hat es mir am Sonntag geliehen, und ich wollte es ihm zurückbringen.«

Gabriela nahm es verwundert entgegen. Irgendwie war Ramón ihr Feind. Sie versuchte seine wirklichen Beweggründe zu erraten.

»Pedro ist nicht da«, sagte sie scharf.

»Ich weiß.«

»Also, was willst du dann, ich bin beschäftigt?«

Ramón wunderte sich über Gabrielas Übellaunigkeit. Sie war sonst weder unfreundlich noch schroff.

»Nichts, gar nichts will ich«, antwortete Ramón und dachte, dass ihre Grantigkeit daher rührte, dass sie gerade erst aufgestanden war. Er wollte ihr nicht weiter auf die Nerven fallen, verabschiedete sich mit einem »Grüße an meinen Vetter«, und ging eilig davon.

»Verdammter Mist«, brummte Gabriela wütend und knallte die Tür zu. Sie war verärgert und durcheinander. Sie atmete tief durch, um sich zu beruhigen, doch sie wurde das Beben in ihrem Innern nicht los. Das Begehren, die Liebe, die Leidenschaft, die Lust und die Schuld mischten sich zu einem vorherrschenden Gefühl: dem der Angst. Angst vor der absurden Situation, vor einer idiotischen und verhängnisvollen Rache, die auf einem Irrtum beruhte. Angst davor, heimlich die Geliebte und unwiderruflich die Ehefrau zu sein. Angst vor Gitano, vor Pedro, vor Ramón. Angst, vor allem vor sich selbst. Das war es, was sie am meisten quälte: ihre Angst, sich zu bekennen, um den Mann, den sie liebte, vor dem Tod zu bewahren. Es ging nicht nur darum, ihn vor einem Jüngelchen zu retten, dem mit Sicherheit im entscheidenden Moment die Hände zittern würden, sondern vor einem ganzen Dorf, das gnadenlos an der falschen Version über das Verbrechen festhielt. Sie musste ihn vor den gleichen Leuten schützen, die sie steinigen würden, falls sie es wagte, die Wahrheit zu sagen. Also musste sie schweigen. Schweigen, um zu überleben, doch mehr schlecht als recht zu überleben, zermürbt von ihrer eigenen Schwäche und Halbherzigkeit.

Sie nahm ein Glas Wasser und schüttete es sich über den Kopf. Im Sommer tat sie das jeden Morgen. Es war ein Mittel ihrer Großmutter, um die Hitze zu lindern. Das Wasser schlängelte sich durch ihr wirres Haar und erfrischte ihren Schädel und den Nacken. Sie erinnerte sich an ihre in einem Schaukelstuhl sitzende Großmutter, die Beine zerfressen von wuchernden Tumoren. Sterbenskrank beklagte die Frau die zahlreichen Dinge, die sie in ihrem Leben verpasst hatte und für die jede Reue zu spät kam.

»Ich bin hier geblieben, Kindchen, hab in dieser vermaledeiten Hitze geschmort«, sagte sie zu Gabriela, »weil ich mir einfach nicht vorstellen konnte, dass man eines Tages wirklich stirbt. Wär mir das früher klar gewesen, hätt ich mich schon längst aus dem Staub gemacht. Aber jetzt bin ich alt und krank und weiß nicht, wohin ich noch Reißaus nehmen sollte. Das Schlimmste ist, dass ich den verdammten Rückwärtsgang nicht finde, der mich zurückkatapultieren könnte.«

Daraufhin lachte die Alte immer und wiederholte, »der Rückwärtsgang, der verdammte Rückwärtsgang«, und sie machte sich über ihre verkümmerten Beine, ihre eiternden Tumore, ihr verschwendetes Leben in der prallen Sonne und das schmerzhafte Nagen des Todes lustig. Der Tod. Einen Tag, bevor sie starb, flüsterte die Großmutter ihrer Enkelin ins Ohr: »Ich will nicht sterben.« Am darauf folgenden Nachmittag wurde sie begraben. Gabriela schwor sich, das trostlose Leben ihrer Großmutter nicht zu wiederholen. Sie würde mit ihrem Leben machen, was sie wollte. Es sollte anders kommen. Genau wie die Großmutter erstarrte sie in einer Staubhülle und suchte vergeblich den Rückwärtsgang, um die Zeit zurückzudrehen.

Sie kippte sich ein weiteres Glas Wasser über den Kopf, und noch eins und noch eins, bis sie völlig nass war. Sie schloss die Vorhänge, zog sich aus, legte sich ins Bett und schaltete das Radio ein. Eine Zeit lang lauschte sie der Música tropical, bis sie den Motorenlärm eines Lieferwagens hörte, der auf der Straße, die vom Staudamm zum Dorf führte, näher kam.

»Das ist er«, dachte sie, »das muss er sein.«

Eilig warf sie sich ein Kleid über und lief zur Tür. Sobald er in Sichtweite wäre, würde sie hinauslaufen und ihn aufhalten, sie würde in seinen Lieferwagen steigen und ihn bitten, gemeinsam abzuhauen. So würde sie gleichzeitig ihm und sich selbst das Leben retten.

Mit trockener Kehle, die Augen starr auf die Landstraße gerichtet, verharrte sie sekundenlang voller Erwartung. Sie war enttäuscht, als sie feststellen musste, dass nicht Gitano, sondern zwei graublaue Transporter mit hoher Geschwindigkeit näher kamen und Staub aufwirbelten.

4

»Die Kühe sind in Streik getreten«, sagte Prudencia Negrete, »sie haben heute nämlich fast keine Milch gegeben.« Gezwungen lächelten Astrid Monge und Anita Novoa über die Bemerkung. Bei der alten Negrete musste man auf der Hut sein, sie war ein launisches Weib und ging wegen jeder Kleinigkeit in die Luft. Doch an diesem Morgen war sie gut gelaunt.

»Gib mir wenigstens fünf Liter«, bat Astrid, deren Mutter die Milch für die Zubereitung von Frischkäse verwendete und diesen an die Evangelisten in der Genossenschaft Pastores verkaufte.

»Ich hab keine mehr, das bisschen, was noch da war, hat der Wagen von Nestlé mitgenommen«, sagte Prudencia. Es stimmte; in aller Herrgottsfrühe war der Einkäufer von Nestlé gekommen, um die zwölf Liter zu kaufen, die ihre fünf Kühe gegeben hatten.

Verstohlen zeigte Anita Astrid eine randvolle Milchkanne.

»Und die dort?«, bohrte Astrid.

Prudencia drehte sich zu dem Behälter um und lächelte.

»Die taugt nichts, das ist vergorene Milch von einer

kranken Kuh, wenn du willst, schenk ich sie dir«, sagte sie, machte ein paar Schritte mit ihrem hinkenden Gang und holte einen Glasbehälter aus der Kommodenschublade.

»Ich hab hier ein Viertel Sahne. Willst du es?«

Astrid schüttelte den Kopf, doch Anita nahm das Glas.

»Ich nehms«, sagte sie, »was macht das?«

Prudencia zeigte mit den Fingern der linken Hand eine Summe.

»Gib mir dreitausend«, antwortete sie und wandte sich wieder an Astrid, »du weißt, dass ich dir die Milch beiseite tu, du musst nur im Voraus bezahlen.«

»Na gut, heb mir zehn Liter auf«, sagte Astrid und streckte ihr einen Geldschein von zwanzigtausend Pesos entgegen.

»Lass mich nachsehen, ob ich wechseln kann«, sagte Prudencia und verschwand ihm Haus.

Anita und Astrid hörten ein »Guten Morgen«, und als sie sich umdrehten, sahen sie die Witwe Castaños, die gekommen war, um Milch zu kaufen. Die Frau machte einen gequälten Eindruck.

»Und Prudencia?«, fragte sie.

»Sie kommt gleich«, antwortete Anita.

Stille trat ein. Die drei wollten das unvermeidliche Thema umgehen: die Witwe, weil es ihr Angst machte, Astrid, um nicht den Anschein zu wecken, dass sie von der Sache etwas wusste, und Anita, um sich nicht in Dinge einzumischen, die sie nichts angingen.

Prudencia trat mit dem Zwanzigtausendpesoschein in der Hand vor die Tür.

»Ich kann nicht wechseln«, sagte sie und blieb betroffen vor der Witwe stehen, so als wäre ihr ein Geist erschienen.

»Tag«, grüßte die Witwe.

»Wie gehts, Pancha?«, antwortete Prudencia, der nichts anderes einfiel.

»Hast du Milch?«

»Nein, sie ist mir ausgegangen.«

Die Witwe senkte den Blick und überlegte. Sie schien furchtbar deprimiert zu sein, weil es keine Milch gab. Astrid hätte ihr am liebsten die Wahrheit erzählt. Sie tat es nicht, besser ließ sie sie in Ruhe.

Prudencia konnte von ihrem Platz aus die zwei Mannschaftswagen der Polizei ausmachen, die eilig über die Landstraße brausten.

»Da kommen die von der Landpolizei«, sagte sie. Die Witwe drehte sich um und sah, wie die beiden Fahrzeuge vor dem Haus von Justino Téllez hielten.

5

Kaum hatte Justino gehört, wie die Motoren verstummten, als Carmelo Lozano schon zum Fenster reinschaute.

»Was gibts, du Rindvieh?«, rief ihm der Capitán zu.

Träge räkelte sich Justino auf dem Stuhl, auf dem er saß und frühstückte.

»Nichts weiter, du Hornochse«, antwortete er lustlos und der abgenutzten Formel überdrüssig, mit der ihn Lozano begrüßte.

»Darf man reinkommen?«, fragte Carmelo.

Justino reckte die Arme.

»Na klar«, antwortete er, ohne ihn anzuschauen.

Der Capitán hob eines seiner langen Beine, und mit einem Satz sprang er durch das Fenster ins Haus.

»Dafür gibts ne Tür«, beschwerte sich Justino.

Carmelo lächelte spöttisch.

»Ich weiß, aber so fallen mir wieder die heißen Nächte ein, in denen ich dein Schwesterchen besucht hab.«

Da Justino keine Schwester hatte, machte ihm der plumpe Scherz des Polizisten nicht viel aus. Carmelo zog einen Stuhl heran und setzte sich an den Tisch.

»Was gibts zu Mittag?«

Justino gab keine Antwort. Er beschränkte sich darauf, einen Kochtopf aufzudecken, in dem drei gebratene Seebarben lagen.

»Die geben einen guten Imbiss, Kumpel«, sagte Carmelo, »reich mir mal ne Tortilla.«

Mit einem leichten Schubs beförderte Justino den Fladenkorb vor den Polizisten hin. Carmelo zerkleinerte einen der Fische, wobei er sorgsam die Gräten entfernte. Er legte das Fleisch auf die Tortilla, presste eine Zitrone darauf aus, bestreute sie mit grobkörnigem Salz und verschlang das Ganze mit vier Bissen.

Genüsslich bereitete sich der Capitán drei weitere Happen zu und bat Justino um zwei Bananen, über die er sich sogleich hermachte. Als er fertig war, fragte er ihn, ob er wüsste, wann das Baseballspiel aus Tampico übertragen wurde.

»Um acht Uhr abends«, erwiderte Justino, um irgendwas zu sagen.

Carmelo hörte ihm aufmerksam zu, wiederholte »um acht Uhr abends«, stand vom Tisch auf und bedankte sich für die Mahlzeit.

»Gern geschehen«, antwortete Justino, wohl wissend, dass es nicht lange dauern würde, bis Carmelo ihn mit seinem kriminalistischen Gespür belubbern würde.

Mit einem Stück Klopapier wischte sich der Capitán die

Reste von Öl und Fisch von seinem Mund. Er krempelte die Ärmel hoch, reckte seinen Kopf und seufzte.

»Wir beide wissen, Kumpel«, sagte er, »dass du eine Menge über das weißt, was hier am Sonntag passiert ist, verstehst du mich?«

»Ich verstehe nur Bahnhof«, erwiderte Justino verärgert.

Carmelo hob die Hände an die Stirn.

»Dann will ich ein bisschen deutlicher werden«, sagte er, nahm die Hände vom Kopf, zeichnete ein Oval in die Luft und fuhr fort, »schau mal, Kumpel, ich sags dir klipp und klar, sollte ich herausfinden, dass es im Dorf wegen des ermordeten Mädchens noch einen Toten gibt, bist du der erste, den ich mir vorknöpfen werde ... Ein krummes Ding, und ich sperr dich ein.«

Er kannte Lozanos vorgespielte und provozierende Drohgebärden zur Genüge. Trotzdem machte er das Spiel mit.

»Wieso ich? Kümmere dich um die, die Stunk machen!«

Lozano zeigte ein Lächeln.

»Weil du alt und fett bist und ich dich leichter kriege. Die anderen sind schneller. Außerdem behauptest du ja immer, hier das Sagen zu haben.«

»Ja und?«

»Wer, wenn nicht du, soll dafür die Verantwortung übernehmen?«

»Genau deshalb«, argumentierte Justino, »sollst du mich die Angelegenheit auf meine Weise regeln lassen. Fahr du ruhig zurück nach Mante, ich berichte dir dann schon, wie die Sache ausgegangen ist.«

Carmelo packte Justino am Arm und tat so, als verpasse er ihm einen Leberhaken.

»Du änderst dich nicht, Kumpel, bist so bockbeinig wie

eh und je«, stellte der Capitán fest und fügte hinzu, »schon gut, ich mach dir keinen Ärger mehr.«

Carmelo öffnete die Tür, um zu gehen, und ein Hitzeschwall schlug ihm ins Gesicht. Er legte die Handfläche über die Augenbrauen, um sich vor dem gleißenden Licht zu schützen.

»Was für eine verfluchte Scheißhitze, da kann man ja Hühner grillen.«

Justino ging zur Tür und schaute nach oben. Keine einzige Wolke stand am Himmel. Er senkte den Blick und entdeckte die acht Männer von Carmelo ausgestreckt auf den Ladeflächen der beiden Transporter, die geschafft von der Hitze auf ihren Vorgesetzten warteten. Justino betrachtete sie ein wenig mitleidig.

»Gegrillt werden hier deine Jungs«, sagte er ironisch.

Gleichgültig erwiderte Carmelo: »Sie sind daran gewöhnt … Außerdem wird es Zeit, dass sie ein wenig Farbe bekommen.«

Er wandte sich zu seinen Untergebenen, und mit dem Zeigefinger winkte er einen von ihnen heran. Wie eine Stahlfeder sprang der Mann auf und nahm vor Carmelo Haltung an.

»Zu Ihren Diensten, Capitán.«

Carmelo betrachtete den Polizisten von oben bis unten.

»Sargento Garcés, mögen Sie Baseball?«

»Ja, Señor.«

Mit einem Schnalzen der Zunge brachte Carmelo Justino dazu aufzumerken.

»Hast du gehört? Er mag Baseball.«

Justino nickte unwillig.

»Welche Mannschaft?«, setzte Carmelo seine Fragerei fort.

»Die *Alijadores* von Tampico.«

»Haben die gute Spieler?«

»Ja, Señor.«

»Und wenn Sie nicht zum Spiel gehen können, was machen Sie dann?«

»Ich höre mir die Spiele im Radio an.«

»Ahh, das ist gut! Spielen sie heute?«

»Ja, Señor.«

»Um wie viel Uhr?«

»Um sechs.«

»Um sechs? Nicht um acht?«

»Nein, Señor, um sechs.«

»Sicher?«

»Ja, Señor.«

»Danke, Sargento, Sie können gehen.«

Der Polizist entfernte sich und stieg wieder auf die Ladefläche. Carmelo warf Justino vor: »Entweder bist du ein Lügner, oder du lebst hinter dem Mond.«

»Oder ich mag kein Baseball«, verbesserte Justino.

»Wie kommst du dann dazu zu behaupten, dass sie das Spiel um acht übertragen?«

Justino zuckte mit den Schultern.

»Und da soll ich dir vertrauen?«, ritt der Capitán spöttisch darauf herum.

»Natürlich sollst du das.«

Carmelo legte einen Arm um Justinos Rücken und drängte ihn, ihn zu den Fahrzeugen zu begleiten.

»Jetzt, wo die kalten Tage kommen, gehen wir wieder Enten schießen, abgemacht?«

»Ja«, sagte Justino. Gelegentlich waren sie zusammen auf die Jagd gegangen. Die Munition und der Einsatz von abgesägten Schrotflinten waren der Landpolizei vorbehalten.

Carmelo öffnete die Wagentür, kurbelte die Fensterscheibe herunter und nahm auf dem Sitz Platz.

»Wir sehen uns, Kumpel«, sagte er, »und lass nicht zu, dass es hier ein Gemetzel gibt.«

Sargento Garcés kletterte von der Ladefläche herunter und setzte sich auf den Beifahrersitz. Die übrigen Polizisten verteilten sich auf die Transporter.

»Wenn du dich durchgerungen hast, sag mir Bescheid, wer das Mädchen ermordet hat. Lass Ramón so lange nicht aus den Augen, es darf nicht passieren, dass er durchdreht und mit seiner Rache Unheil anrichtet.«

Der Capitán fuhr mit seinen Männern davon. Justino hatte keinen Zweifel. Carmelo Lozano roch das Blut von weitem.

Eine doppelläufige Derringer Davis Kaliber 25

1

Am Sonntagabend kaufte er Lorenzo Márquez, dem Schmuggler, die vereinbarte Warenlieferung von tragbaren Kassettenrekordern ab, und am Montagnachmittag hatte er bereits achtzehn zu zweihunderttausend Pesos das Stück verkauft, während er dafür nur fünfundsiebzigtausend bezahlt hatte. Erworben wurden sie von einer Gruppe von Dreschmaschinenführern, die an diesem Montagmorgen ihren Auftrag, neunhundert Hektar Hirse zu bearbeiten, beendet hatten. Gitano hatte das Glück, sie angetrunken und mit den Taschen voller Geld an einem Bahnübergang zu treffen. Sie warteten in einem benachbarten Gasthaus auf die Reparatur der Zuglok, die ihre riesigen Maschinen transportieren sollte. Für Gitano war es ein ziemlich leichtes Geschäft. Es genügte, dass einer von ihnen einen Kassettenrekorder kaufte, damit die übrigen, um vor den anderen nicht schlechter dazustehen, auch einen haben wollten.

In dieser Nacht schlief er zusammen mit den Arbeitern in den Güterwaggons. Der Lärm der Lokomotive, die ihre Fahrt fortsetzte, weckte ihn. Eilig kletterte er herunter und sah zu, wie sich der Zug in südlicher Richtung, nach Abasolo, entfernte. Es dämmerte. Er machte sich auf den Weg zu der Raststätte, die schon am frühen Morgen geöffnet hatte. Er bestellte einen Milchkaffee und Rühreier mit *machaca.* An einem Tag hatte er über zwei Millionen Pesos verdient, genug Geld, um es bis zum Monatsende ruhig gehen zu lassen. Er beschloss, mindestens eine Woche nicht zu arbeiten.

Die Bedienung brachte ihm das Frühstück. Es war ein schlankes und hübsch anzusehendes Mädchen, mit zarten Gesichtszügen und einem runden Hintern. Wäre er nicht damit beschäftigt gewesen, über die nächsten Wochen nachzudenken, hätte er versucht, sie zu verführen. Doch er beachtete sie nicht einmal.

Mit so viel Geld in Händen änderten sich seine Pläne. Er hatte sich überlegt, die an Casas angrenzenden Farmen abzuklappern und sogar Las Menonas zu besuchen, wo mehr als einer der fortschrittlichen Menoniten ihm gerne seinen Elektrokram und den einen oder anderen Modeschmuck abkauften. Danach hatte er vorgehabt, nach Ciudad Mante zu fahren, dabei in den Dörfern entlang der Landstraße Halt zu machen und Handel zu treiben, um von dort in zwei bis drei Wochen nach Loma Grande zurückzukehren. Auf einmal hatte er keine Ahnung, was er mit seiner Zeit anfangen oder wo er hingehen sollte.

Er bestellte ein paar Schnecken, um sie in den Kaffee zu tunken. Das Mädchen sagte ihm, dass es keine gäbe. Er musste sich mit etwas Buttergebäck begnügen. Es schmeckte ihm, doch löste es sich schnell auf, wenn er es in die Tasse tauchte. Schließlich aß er es löffelweise.

Er stellte die leere Tasse beiseite, stützte die Ellbogen auf den Tisch und überlegte, welche Route er nehmen sollte. Er konnte in Richtung Soto la Marina weiterfahren, um ein paar Tage in der Laguna Madre zu fischen oder nach Cadereyta zu irgendeinem Rodeo oder Stierkampf gehen oder sich in Tampico blicken lassen, um Familienangehörigen und Freunden und der einen oder anderen Hure in einem Bordell aus seiner Jugendzeit einen Besuch abzustatten. Nachdem er über die verschiedenen Möglichkeiten nachgedacht hatte, beschloss er, nach Los Aztecas zu fahren.

Los Aztecas war das modernste von den Dörfern rund um den Stausee von Las Ánimas. Es hatte an die vierhundert Einwohner und war das einzige, das Elektrizität, gemauerte Häuser, Telefonkabinen, drei asphaltierte Straßen und eine Tankstelle besaß. Gitano hatte sich aus zwei wichtigen Gründen dafür entschieden: erstens, weil dort sporadische, aber einträgliche Transaktionen beim An- und Verkauf von Baumwolle zustande kamen, in die er sein Geld investieren konnte und, zweitens – das gab den Ausschlag –, weil der Ort kaum zwanzig Kilometer von Loma Grande entfernt lag.

Er verlangte die Rechnung, bezahlte das Frühstück und kaufte einem kleinen Jungen ein Revolverblatt ab, das in San Fernando erschien. Die Schlagzeilen berichteten über eine Razzia bei satanischen Homosexuellen in Nuevo Laredo und von den Ausschweifungen und Lastern eines Lokalbeamten. Gitano blätterte die vier bedruckten Seiten durch, knüllte sie zusammen und warf sie auf den Boden.

Es ist immer dasselbe, dachte er.

Das Kind hob das Revolverblatt auf, strich die Seiten glatt und legte es zu den restlichen Zeitungen, um es noch mal zu verkaufen.

2

Um zehn Uhr morgens hatten sie es sich bereits in Ramóns Laden gemütlich gemacht. Torcuato Garduño, Pascual Ortega und Macedonio Macedo, die auf Metallstühlen in den Farben und mit dem Schriftzug von Pepsi-Cola saßen, tranken Bier, versessen darauf zu erfahren, wie es nun weiterging, und haargenau herauszufinden, wie Ramón versuchen würde, seinen Feind zu vernichten. Nach den üblichen Floskeln beschloss Pascual, Ramón zu fragen: »Hast du dir schon überlegt, wie du ihn töten wirst?«

»Nein«, antwortete Ramón.

Torcuato erhob sich von seinem Stuhl und stellte sich neben ihn.

»Dann überlegs dir gut«, sagte er, »Gitano wirst du nicht so ohne weiteres kaltmachen können.«

Es würde noch ein paar Wochen dauern, bis Gitano ins Dorf zurückkam, falls er sich überhaupt dazu entschloss. Er hatte die Angewohnheit, an jedem ersten Freitag im Monat da zu sein. Es blieb genügend Zeit, das Verbrechen vorzubereiten, was Macedonio auch kundtat.

»Und was ist, wenn er überraschend hier auftaucht?«, insistierte Torcuato, »wollen wir zulassen, dass er Wind davon bekommt und sich putzmunter aus dem Staub macht? Kommt nicht in Frage, das muss jetzt entschieden werden, und damit basta. Für den Fall, dass der verdammte Mistkerl zurückkommt, muss Ramón darauf gefasst sein.«

Sie gaben ihm Recht, und zu viert entwickelten sie endlose Strategien, wie das Verbrechen vonstatten gehen müsste. Eine nach der anderen wurde verworfen. Ihn auf einem der Feldwege umzulegen, war schwierig, nicht nur, weil Gitano stets auf der Hut war, sondern weil man dafür ein Gewehr gebraucht hätte, und in Loma Grande gab es nur zwei. Das mit Zündnadel von Omar Carrillo, das manchmal funktonierte und manchmal auch nicht, was bei einer so großen Sache zu riskant war, und das von

Ranulfo Quirarte, der jedoch seinen Hinterlader an niemanden verlieh.

Mit einer Machete auf ihn loszugehen, war ebenfalls nicht ratsam. Gitano hatten sie damit bereits den Rücken zerfetzt, und er erlaubte niemandem, der eine bei sich trug, sich ihm auf mehr als drei Meter zu nähern.

Nachdem sie verschiedene Möglichkeiten verworfen hatten, kamen die vier zu dem Schluss, dass es für Ramón am einfachsten wäre, sich seiner mit einer Pistole zu entledigen, handelte es sich doch um eine kleine und leicht zu bedienende Waffe. Es gab allerdings ein Problem. Die Armee hatte gerade ohne Ankündigung eine erfolgreiche Entwaffnungsaktion in der gesamten Gegend durchgeführt. Lediglich einer Handvoll war es gelungen, ihre Pistolen zu verstecken und so die Beschlagnahme zu verhindern. Zu diesen gehörte als einzige vertrauenswürdige Person Juan Prieto, Ramóns bester Freund. Sie mussten sehen, ob er Munition besaß und, vor allem, ob er die Waffe hergeben würde.

3

Juan Prieto war so alt wie Ramón, doch er sah älter aus. Mit fünfzehn war er als Hilfsarbeiter emigriert und hatte das Glück gehabt, es bis nach Portland in Oregon zu schaffen, einer Stadt, wo Festnahmen von Illegalen durch Beamte der Einwanderungsbehörde selten waren. Er fand eine Anstellung als Tellerwäscher in einem chinesischen Restaurant. Nach vier Monaten wechselte er als Kloputzer zu einer Versicherungsgesellschaft und von dort erneut als Tellerwäscher in ein Bordell, das *Susie's Bar* hieß und von einer fettleibigen Frau geleitet wurde, die jede Woche ihre Haarfarbe wechselte. Juan Prieto war dort nur für drei Monate, denn Susan Blackwell, die Dicke, zeigte ihn bei der Einwanderungsbehörde an, um ihm den Lohn, den sie ihm noch schuldete, nicht zahlen zu müssen.

Die Erinnerung an seine Festnahme war für Juan ein Albtraum: Vier Männer, drei in Zivil und einer in einer fremden Uniform, betraten die Bar und stürzten sich bei seinem Anblick auf ihn. Juan begriff augenblicklich, worum es ging, und versuchte zu fliehen, indem er über die Tische sprang. Ein Priester ließ ihn über seinen Fuß stolpern, und Juan fiel der Länge nach hin. Auf dem Boden traktierte ihn der Uniformierte mit Knüppelschlägen. Juan versuchte, seinen Kopf mit den Armen zu schützen, doch konnte er nicht verhindern, dass sie ihm ein paar Platzwunden zufügten, ihm eine Rippe brachen und ihm den Ellbogenknochen zertrümmerten.

Sie legten ihm Handschellen an, fesselten ihn an den Füßen, knebelten ihn und warfen ihn in den Kofferraum eines Wagens. So schafften sie ihn – die Fahrt dauerte zwei Stunden – an einen fremden Ort. Sie zwangen ihn, aus dem Wagen zu klettern und übergaben ihn zwei Männern in anderen Uniformen. Befreit von den Fußfesseln und dem Knebel, aber noch immer in Handschellen, setzten sie ihn in einen Gefangenentransporter und brachten ihn in ein Gebäude in San Francisco.

In einem Büro mit Glaswänden klärte ihn ein Dolmetscher darüber auf, dass er wegen illegalen Aufenthalts, Widerstands gegen die Staatsgewalt, Beamtenbeleidigung und Diebstahl verhaftet worden sei. Ihm wurde mitgeteilt, dass der Staatsanwalt die Anklage fallen lassen würde, wenn er ein paar Papiere unterschrieb, in denen er sich verpflichtete, niemals wieder in die Vereinigten Staaten zurückzukehren. Juan unterschrieb, sie nahmen seine Fingerabdrücke, notierten seine Personalien und machten drei Fotos für das Polizeiregister. Nach fünf Tagen brachten sie ihn in einem anderen Gefangenentransporter nach Tijuana.

In Tijuana erfuhr er von anderen Hilfsarbeitern, dass seine Abschiebung typisch war für die Denunzierung durch eigennützige Arbeitgeber. Falsche Anzeigen wegen Diebstahls waren in solchen Fällen gang und gäbe. Aufgebracht darüber, hereingelegt worden zu sein, suchte Juan eine Möglichkeit, um nach Portland zurückzukehren und es der Dicken heimzuzahlen und gleichzeitig seine Habe aus der Pension zu holen, in der er sich einquartiert hatte.

Versteckt zwischen der Ladung eines Trucks, wechselte er noch einmal auf die amerikanische Seite. In San Diego beschaffte er sich Geld, indem er einem portugiesischen Seemann, der besoffen auf dem Bürgersteig lag, die Hosentaschen ausräumte und ihm die Armbanduhr klaute. Mit dem Erlös der Beute konnte er sich eine Fahrkarte für den Greyhound bis Sacramento kaufen. Von dort bis Portland brauchte er zwei Monate.

In Portland bekam er seine gesamten Habseligkeiten wieder, einschließlich der achthundert Dollar, die er gespart hatte und in einem Hosenumschlag versteckt hielt. Der Angestellte der Pension, ein alter alkoholsüchtiger Schwarzer, dessen Erinnerungen sich um die glorreichen Zeiten drehten, als er erster Bassist in der Band von B.B. King gewesen war, hatte sie ihm freundlicherweise zurückgegeben.

Noch am selben Abend legte sich Juan am Ausgang von Susan Blackwells Bar auf die Lauer. Für gewöhnlich verließ die Frau das Lokal um vier Uhr morgens, nachdem sie geschlossen und die Kassenabrechnung gemacht hatte. Auch an diesem Morgen wich sie nicht von ihrem Zeitplan ab. Sie wollte gerade in ihren Wagen steigen, als Juan sie mit einem Hieb auf den Kopf traf, dem viele weitere folgten.

Die Dicke brach auf dem Asphalt zusammen, das grüne Haar von Blut überströmt. Juan, der sie für tot hielt, schnappte ihre Handtasche und lief voll Entsetzen durch die Straßen der Stadt.

Angsterfüllt kehrte er nach Mexiko zurück, voll Reue über sein gewaltsames Vorgehen. Auf dem Rückweg kaufte er sich eine Minipistole, die man ihm an einer Busstation anbot. Es war eine doppelläufige Derringer Davis Kaliber 25, für die er fünfzig Dollar bezahlte. Mit Klebeband befestigte er sie unter dem Futter seines Huts, bereit, sie auf den ersten Polizisten zu richten, der versuchen würde, ihn zu verhaften. Es war nicht nötig. Er wechselte mehrmals die Reiseroute und gelangte ohne Zwischenfall an die Grenze bei Eagle Pass und Piedras Negras, wo er den Fluss auf einem aufgeblasenen Traktorreifen überquerte.

Ein Jahr, nachdem er Loma Grande verlassen hatte, kehrte er dorthin zurück. Aus der beständigen Angst, dass eines Tages eine amerikanische Patrouille auftauchen könnte, wohnte er nicht im Dorf. Er baute sich eine Hütte am Ufer des Stausees von Las Ánimas, wo er sich um die Kähne und das Fischereigerät von Lucio und Pedro Estrada kümmerte.

4

Er stoppte den Lieferwagen an der Zapfsäule und übergab dem Tankwart den Schlüssel für den Tankdeckel.

»Tank für vierzigtausend von dem Nova«, bat er. Er kletterte aus dem Pick-up und ging zu dem Kiosk neben der Tankstelle, kaufte eine Dose Bier und lehnte sich an den Kühlschrank, um es zu trinken. Er war müde. Die Strecke bis Los Aztecas in der Mittagshitze und auf einer Straße voll mit Trucks hatte ihn erschöpft. Er schlürfte das Bier und genoss das Sprudeln des Schaums in seinem Hals. Der Tankwart machte ihm ein Zeichen, dass er fertig war. Gitano trank aus, bezahlte und kehrte zu seinem Lieferwagen zurück.

Er hätte gerne geduscht und sich ein wenig aufs Ohr gehauen. Im Dorf kannte er ein Gästehaus – *Pension Los Albatros* –, wo er sich regelmäßig einquartierte und wo er für fünfunddreißigtausend Pesos ein Zimmer mit einem großen Bett, eigenem Bad, einem Bodenventilator und Frühstück sowie Abendessen bekommen konnte. Er wurde von der Besitzerin bedient, von Chata Fernández, einer aufmerksamen und gut gelaunten Frau, zusammen mit Margarita, ihrer heranwachsenden Tochter, einem vergnügten und lebhaften Mädchen. Gitano stieg gerne im *Los Albatros* ab. Nicht nur der Service war gut, die beiden Frauen waren auch sehr gesprächig und hielten ihre Gäste stets über die jüngsten Ereignisse auf dem Laufenden. Er dachte, dass er über die beiden in Erfahrung bringen könnte, ob in Loma Grande irgendetwas Ungewöhnliches vorgefallen war, ob der, der sie am Sonntag in der Früh aufgescheucht hatte, sie erkannt und dies irgendwelche Folgen gehabt hatte.

Die Pension befand sich in einem großen einstöckigen Haus, mit sechs Zimmern, die um den Gemeinschaftsraum gruppiert waren. Der Speisesaal und die Küche lagen getrennt in einem eigens dafür errichteten Bau. Chata Fernández hatte sich das zusammen mit ihrer früheren Partnerin, Silvia Espinosa, die das Geschäft nach ihrer Heirat mit einem spanischen Geschäftsmann verlassen hatte, so ausgedacht. Dank der Freundschaft mit der Chata bekam Gitano sein Lieblingszimmer, das mittlere, das nach Norden zeigte und somit das kühlste von allen war.

Trotz der unerträglichen Schwüle an diesem Abend duschte sich Gitano mit warmem Wasser.

Hitze bekämpft man mit Hitze, dachte er.

Mit einem Handtuch um die Hüften trat er aus dem Badezimmer. Er öffnete das Fenster und schob den Fliegenschutz beiseite. Eine Küchenschabe wurde unter dem Vorhang sichtbar und versuchte, unter den Nachttisch zu kriechen. Gitano hinderte sie daran, indem er sie mit dem nackten Fuß zertrat. Die Küchenschabe krachte unter seinem Tritt. Gitano setzte sich auf den Bettrand und wischte sich den Fuß ab. Er nahm das Handtuch, legte es auf das Kopfkissen, damit es von dem nassen Haar nicht feucht wurde, streckte sich auf dem Bett aus und schlief ein.

Als er erwachte, blickte er auf die Uhr: Viertel nach sieben. In der Pension wurde das Abendessen immer auf die Minute pünktlich um halb acht serviert. Er beeilte sich mit dem Anziehen. Margarita hatte ihm das Menü bereits mitgeteilt – Garnelensuppe, mexikanischer Reis und Zunge in Tomatensoße –, und er wollte es sich nicht entgehen lassen.

Als er den Speisesaal betrat, hatten schon fast alle Gäste Platz genommen. Ein paar von ihnen kannte er: Carlos Gutiérrez, Ingenieur für Hydrotechnik, der die Überwachung der Bewässerungsanlagen in der Gegend unter sich hatte, Felipe Fierro, ein staatlicher Ingenieur, der die

Ausbesserungsarbeiten an der Asphaltdecke auf der Landstraße von Abra nach Los Aztecas leitete, und Javier Belmont, ein Zahnarzt, der nicht mehr praktizierte und im Baumwollgeschäft tätig war. Die anderen Tischgäste – ein altes Ehepaar und eine pummelige Frau mit Ringen unter den Augen – hatte er vorher noch nie gesehen.

Nach dem Abendessen blieben lediglich Margarita, die Chata, Felipe Fierro und Gitano am Tisch. Begierig fragte Gitano die Chata nach irgendwelchen Neuigkeiten. Die Frau stützte ihre Ellbogen auf die Tischdecke, und hin und wieder korrigiert von ihrer Tochter, die in der Küche das Geschirr spülte, berichtete sie das Wichtigste vom Tage: In Nuevo Morelos hatte man eine weitere Marihuanapflanzung entdeckt. Die Reisfelder, die den Ölgewerkschaften gehörten, waren an einen Abgeordneten verkauft worden. Ein Genossenschaftsmitglied von Plan de Ayala hatte bei einem Preisausschreiben von Pepsi-Cola zehn Millionen Pesos gewonnen. In González waren Touristen überfallen worden. Ein Bauer aus der Genossenschaft von Niños Héroes hatte Antwort auf seinen Brief an den Gouverneur bekommen. Und das Vieh auf der Rancho de la Paloma war von der Schraubenwurmfliege befallen. Als nichts weiter folgte, fragte Gitano: »Und von Loma Grande, gibt es irgendwelche Neuigkeiten?«

Die Chata überlegte kurz, schob die Unterlippe vor und verneinte mit einem Kopfschütteln.

»Nicht dass ich wüsste.«

Mit einem Teller in der Hand, den sie gerade abtrocknete, trat Margarita aus der Küche und lehnte sich in den Türrahmen.

»In Loma Grande«, sagte sie mit gedehnten Worten, »ist, glaube ich, ein Mädchen ermordet worden.«

Gitano spürte, wie in seiner Lunge ein Loch entstand. Er versuchte, seine Nervosität im Zaum zu halten, und mit ruhiger Stimme erkundigte er sich: »Woher weißt du was?«

»Dulcineo Sola hat es mir heute Morgen erzählt, als ich auf dem Markt war, um die Garnelen zu kaufen.«

»Hat man auch den Namen der Toten erwähnt?«, fragte Gitano in der Hoffnung, dass Margarita einen anderen Namen aussprechen würde.

»Ja, aber ich erinnere mich nicht mehr daran.«

Gitano schluckte.

»Gabriela?«

Das Mädchen dachte einen Augenblick nach und antwortete bestätigend: »Stimmt«, sagte sie, »so soll sie geheißen haben.«

Als sie sah, dass Gitano erblasste, fragte die Chata: »Kanntest du sie?«

Gitano deutete ein Nicken an.

»Vom Sehen … Sie war die Frau von einem, der bei mir Trödel kauft«, antwortete er, während ihm ein Schweißtropfen vom Nacken fiel und über den Rücken lief.

5

Juan Prieto hörte Stimmen, die von der Straßenbiegung kamen, und geriet in Alarmbereitschaft. Die Anwesenheit Fremder in der Nähe des Anlegers machte ihn nervös. Jedes Mal dachte er dabei an Gringo-Polizisten, die kamen, um ihn festzunehmen. Er erkannte Ramóns Stimme und dann die von Torcuato, und er trat hinter dem Baum hervor, hinter dem er sich versteckt hatte.

»Hallo«, grüßte er.

Ramón und seine Begleiter grüßten, indem jeder einen anderen Satz nuschelte. Aufgeschreckt flatterte ein Blässhuhn am Dorngestrüpp des Wehrufers entlang und ließ sich ein paar Meter weiter nieder, wobei es eine gezackte Spur auf dem reglosen Wasser hinterließ. Sonnenstrahlen glitzerten auf den Fischschuppen, die um die Kähne verstreut lagen.

Juan zeigte auf ein langes Netz.

»Helft ihr mir?«, fragte er. »Ich muss es auseinander ziehen.«

Sie befestigten das Netz an mehreren Pfählen. Es war beinahe hundert Meter lang. Es wies eine Unmenge von Löchern und Rissen auf, die Juan zu flicken hatte, indem er sie mit Jutefasern verknotete, eine Arbeit, die ihn den ganzen Morgen beschäftigen würde.

Nachdem sie das Netz befestigt hatten, gingen sie zu einer Felsgruppe. Auf einem der Felsen lag der umgedrehte Panzer einer Schildkröte, deren sterbliche Überreste verwesten. Macedonio Macedo beabsichtigte, sie wegzukicken, doch Juan hielt ihn zurück: »Nicht, ich lasse sie trocknen, weil ich den Panzer behalten will.«

Macedonio protestierte: »Die stinkt bestialisch.«

Torcuato nahm den Panzer und begutachtete ihn.

»Der taugt nichts«, sagte er, »er ist gebrochen.«

»Dann wirf ihn weg«, bat Juan.

»Beim nächsten Mal musst du sie mit Salz oder Asche bestreuen«, empfahl Pascual, »dann fängt sie nicht an zu stinken und wird auch nicht wurmig.«

»Oder schäl das Fleisch heraus«, fügte Torcuato hinzu.

Die fünf ließen sich auf den Felsen nieder. Juan erzählte von den großen Seebarbenfängen, die sie den Monat zuvor gemacht hatten. Macedonio fragte, ob er ein paar hatte, die man zum Frühstück grillen könnte.

»Nein«, antwortete Juan, »aber ich hol gleich ein paar mit dem Wurfgarn heraus.«

Er erhob sich, zog sein T-Shirt aus und bat Ramón mitzukommen.

»Wir machen solange ein Feuer«, sagte Torcuato.

Juan und Ramón liefen zum Wehrufer. Sie zogen die Schuhe aus und krempelten die Hosen hoch, um sie nicht nass zu machen. Juan nahm das Wurfgarn und Ramón einen Blecheimer. Gemeinsam stiegen sie ins Wasser. Dutzende von Fröschen sprangen hoch und wühlten den Schlamm auf, als sie vorbeiwateten.

Juan warf das Netz aus, wartete, bis sich die Bleigewichte gesenkt hatten und zog es heraus. Die Maschen waren leer.

»Pech gehabt«, sagte er und warf es erneut aus. Ein Pelikan gewann an Höhe und ließ sich ein paar Meter weiter mit dem Schnabel voraus herunterfallen.

»Dort gibt es Seebarben, lass uns hingehen«, schlug Juan vor. Sie wateten so tief hinein, dass ihnen das Wasser bis zu den Knien reichte. »Hier erwischen wir ein paar.«

Sie verhielten sich still. Juan warf erneut das Garn aus, ohne Erfolg.

»Wir müssen an eine tiefere Stelle gehen«, meinte Ramón. Sie legten zwanzig Schritte zurück und wurden bis zur Hüfte nass. Juan warf das Netz aus, und als er es zu sich heranzog, fühlte es sich schwer an.

»Jetzt ja«, sagte er. Er zog die Maschen heraus. Drei Seebarben schlugen heftig mit dem Schwanz.

»Ich hab das mit deiner Freundin gehört«, murmelte Juan, während er eine Seebarbe an den Kiemen packte, um sie aus dem Netz zu lösen, »das war ziemlich grausam.«

Ramón war es peinlich, die Lüge über seine Liebschaft seinem Freund gegenüber aufrechtzuerhalten. Er musste ihm gestehen, dass seine Beziehung mit Adela eigentlich erst am Tag ihrer Ermordung begonnen hatte. Er tat es nicht. Er konnte nicht die Frau verraten, die ihm in verschlüsselten Briefen ihre geheime Liebe vermacht hatte. Noch viel weniger konnte er die Liebe verraten, die er selbst für einen nackten und warmen Körper in seinen Armen fühlte, für ein Mädchen im Dreiviertel-Profil auf einer Schwarzweiß-Fotografie, für eine Leere, die in seinem Inneren wuchs. Juan die Wahrheit zu sagen, war die letzte Möglichkeit, sich von der erdrückenden Pflicht zu befreien, jemanden töten zu müssen. Es war sein letzter Ausweg. Er versperrte ihn sich.

»Ja, das war schrecklich«, bestätigte er.

Juan nestelte eine Seebarbe aus dem Netz und warf sie in den Eimer, den Ramón trug.

»Pedro erzählte mir, dass du vorhast, sie zu rächen.«

»Dafür brauche ich deine Pistole.«

Juan befreite noch eine Seebarbe und legte sie in den Eimer. Hätte es sich um jemand anders gehandelt, hätte er seine Waffe nicht hergegeben, vor allem nicht in dem Wissen, dass jemand damit umgebracht werden sollte, doch Ramón, mit dem er seit seiner Kindheit befreundet war, konnte er es nicht abschlagen.

»Klar, Mann, ich geb sie dir, sobald wir hier fertig sind«, sagte er, ohne ihn anzuschauen.

Sie fischten sieben weitere Seebarben. Als sie aus dem Wasser stiegen, hatte sich Torcuato hingehockt und versuchte, mit dem feuchten Holz ein Feuer zu machen. Neben ihm pustete Macedonio, um die Flammen zu entfachen. Juan gab Pascual die Fische zum Putzen, während sie zur Hütte gingen, um die Waffe zu holen.

Sie betraten den Raum, und Juan lenkte seine Schritte in eine Ecke, wo sich ein Sack mit Maiskörnern befand. Er grub darin herum, bis er die Derringer fand. Er blies über den Schaft, um ihn von Staub und Schalen zu befreien. Dann trat er in die Mitte des Raums, und von einem Balken holte er vier versteckte Kugeln herunter.

»Das sind die einzigen, die ich habe«, sagte er. Er öffnete den Mechanismus der Pistole, legte zwei Kugeln in das Patronenlager, schloss es wieder und überreichte die Pistole Ramón.

»Fertig«, sagte er und zeigte auf den Hahn, »sie hat keine Sicherung, du drückst ab, indem du sie spannst.«

Ramón kam die Waffe auf seiner Handfläche wie ein Spielzeug vor. Auch die Patronen mit der goldenen Hülle sahen aus wie Spielzeug.

»Und du glaubst, mit diesem Kinderkram kann man jemanden umbringen?«, fragte er ungläubig.

»Wenn du richtig triffst, ja … wenn nicht … nicht.«

Ramón spannte die Pistole und zielte in eine unbestimmte Richtung.

»Vorsicht«, tadelte ihn Juan, »nicht, dass das Ding losgeht.«

Ramón entlud die Pistole, ergriff sie erneut und drehte sich langsam zu Juan. Er richtete das Visier auf seine Brust und drückte den Abzug.

»Es ist nicht so einfach«, bemerkte Juan, als er das Klicken hörte.

»Was?«

»Sich jemanden vorzunehmen.«

Ramón zuckte mit den Schultern.

»Das Schlimmste ist«, fuhr Juan fort, »dass du nachher nicht weißt, wie du den Toten aus dem Kopf bekommen sollst.« Er wurde die Erinnerung an die blutüberströmte dicke Gringa, die er mit einem Knüppel zusammengeschlagen hatte, nicht los.

Wortlos senkte Ramón die Pistole, die er schussbereit gehalten hatte.

»Weißt du, was dir da bevorsteht?«, fragte ihn Juan.

»Nein«, sagte Ramón kurz angebunden und verstaute die Derringer Davis und die Kugeln Kaliber fünfundzwanzig in der rechten Hosentasche.

6

Er erwachte, gebadet in klebrigem Schweiß und erstickt von wiederkehrenden Albträumen: Gabriela in Stücke geschnitten, Gabriela von Würmern zerfressen, Gabriela weit weg, Gabriela tot, Gabriela für immer verloren.

Mit den Füßen strampelte er die Bettlaken beiseite und knipste die Nachttischlampe an. Er kniff die vom dämmrigen gelben Licht geblendeten Augen zusammen, stand auf und schaute aus dem Fenster in eine mondlose Nacht. Auf der anderen Seite des Fliegenschutzes hörte er das hohe Schnalzen der Fledermäuse auf der Jagd nach Insekten.

Er wollte eine rauchen. Er nahm seinen Koffer und legte ihn aufs Bett. Er öffnete ihn, um eine Schachtel Zigaretten herauszunehmen. Er suchte nach ihr, wohl wissend, dass er sie nicht finden würde. Er hatte vor zehn Monaten mit dem Rauchen aufgehört.

Gitano schloss das Gepäckstück, zog sich eine Hose und ein T-Shirt an, schob den Fliegendraht beiseite und sprang in den Garten. Er spürte das Stechen des hoch stehenden

Grases unter seinen nackten Füßen. In der Dämmerung erkannte er den Plattenweg, der an den Zimmern vorbei zur Straße führte. Er folgte ihm, bis er den Zaun erreichte. Ein Frosch sprang neben ihn. Er gab ihm mit der Ferse einen Tritt, und der Frosch setzte seinen Weg zwischen aufgereihten Blumentöpfen fort. Er schob den Riegel der Pforte zurück, bemüht, keinen Lärm zu machen. Er trat hinaus, und in der Hoffnung, jemanden zu finden, der ihm eine Zigarette geben würde, machte er sich auf den Weg zu den erleuchteten Straßen. Keine Menschenseele war zu sehen. Er ging zur Plaza; sie war verlassen. Er setzte sich auf eine Bank und betrachtete die Tauben, die um die Laternen flatterten. Der Landrat hatte ihm erzählt, dass bald sämtliche Ortschaften in der Region elektrisches Licht bekämen. Er glaubte ihm nicht. Er glaubte weder den Politikern noch den Frauen. Er hatte Gabriela Bautista nicht geglaubt, als sie sagte, dass sie ihn liebe und alles für ihn stehen und liegen lassen würde. Bis zu diesem Augenblick hatte er ihr nicht geglaubt.

Er begann, über den Platz zu schlendern. Ihn störte das Brummen des Generators, das die nächtliche Stille durchbrach. Er wollte diese Stille, wollte an Gabriela denken, sie ins Gedächtnis rufen. Er erinnerte sich an den Morgen im August, als sie sich im hinteren Teil des Lieferwagens liebten, den er an einem sumpfigen Wegrand geparkt hatte. Er erinnerte sich an den grauen Horizont über den grünen Feldern, den Regen, der auf das Wagendach trommelte. Er erinnerte sich an ihren Blick, ihre tiefen Augen, ihre schimmernde Haut, ihre Beine, die ihn umschlangen, ihre Feuchtigkeit. Er erinnerte sich an die letzte Nacht mit ihr, die Lampe, die sie verfolgte, den Weg durch das Dorngestrüpp, ihre verletzte Intimität, ihr entdecktes Geheimnis, ihren letzten Liebesakt. Er stellte sich vor, dass Gabriela tot war, und ihn überkam das Bedürfnis, Loma Grande niederzubrennen, um sich danach selbst zu verbrennen.

Er kehrte zurück, als Schwärme von Silberreihern ihren morgendlichen Flug zu den Reisfeldern unternahmen. Es wurde hell. Durch das Fenster gelangte er zurück ins Zimmer. Er zog sich splitternackt aus. Die Hitze schien ihm um diese Zeit noch unerträglicher zu sein. Er streckte sich auf dem Bett aus und blieb auf dem Rücken liegen, den Blick starr auf die Flügel des Deckenventilators gerichtet.

Er verließ das Zimmer am späten Vormittag. Träge hatte er sich geduscht und angezogen, wie gelähmt von einer seltsamen Müdigkeit. Im Speiseraum befanden sich nur die beiden Alten, die er nicht kannte. Er grüßte und blieb stehen, ohne sich für einen der neun Stühle entscheiden zu können. Die Chata kam mit einem dampfenden Topf aus der Küche und stellte ihn auf den Tisch.

»Tag ...«

»Tag ...«

»Bist wohl nicht aus den Federn gekommen?«

»Nicht so richtig.«

»Möchtest du Bohnen?«

»Ja«, antwortete Gitano und setzte sich lustlos auf den Stuhl, der vor ihm stand.

Die Chata trug ihm auf. Noch nie hatte sie Gitano so niedergeschlagen gesehen.

Die Alten beendeten ihr Frühstück und zogen sich zurück. Langsam begann Gitano, den Teller Bohnen zu essen.

»Sei nicht mehr traurig«, sagte die Chata lächelnd zu ihm.

Gitano schaute sich überrascht zu ihr um, da sie sich über ihn lustig zu machen schien.

»Traurig worüber?«, erkundigte er sich gereizt.

Die Chata lächelte erneut, machte eine Kugel aus Brotteig und warf sie einer weißen Katze hin, die neben der Küchentür mit einer toten Grille spielte.

»Sie haben eine andere umgebracht, nicht die, an die du denkst«, fuhr sie fort, während sie dabei zusah, wie die Katze die Brotmasse verschlang, »Margarita hat die Namen verwechselt.«

Die Eröffnung der Chata brachte Gitano durcheinander; er wusste nicht, ob sie es ernst meinte.

»Das Mädchen, das sie in Loma Grande erstochen haben, hieß Adela, nicht Gabriela.«

»Woher weißt du das?«

»Die Evangelisten haben es mir erzählt. Es war eine von den Neuen, sie haben sie am Sonntagabend begraben.«

»Und weiter?«

»Nichts, die Evangelisten sind seither nicht in Loma Grande gewesen und wissen nicht, was passiert ist.«

Gitano überlief vor Erleichterung ein Schauder. Die Chata rückte ihren Stuhl auf wenige Zentimeter an ihn heran: »Hör mir gut zu«, sagte sie, »lass bloß die Finger von dieser Gabriela, wenn du nicht willst, dass man sie wirklich umbringt.«

»Wovon redest du?«

Die Chata warf ihren Oberkörper zurück.

»Stell dich nicht dümmer als du bist. Wie kamst du denn darauf, dass die Tote Gabriela heißen könnte?«

Gitano lächelte.

»Man sieht dir schon von weitem an, dass diese Gabriela

dich am Gängelband hat. Vergiss nicht: Eine verheiratete Frau nimmt man nur einmal oder man nimmt sie mit.«

Gitano beendete sein Frühstück und erhob sich.

»Danke«, sagte er.

»Wofür?«, fragte die Chata.

»Für die Bohnen, die waren sehr gut.«

Ausgestreckt lag Gitano auf dem Bett und dachte nach. So viel Kummer und Trübsal, weil er Gabriela für tot gehalten hatte, konnte nur eins bedeuten: dass er sie liebte und sie sofort dort wegholen musste. Daran gab es nichts mehr zu rütteln. Am nächsten Tag würde er wegen ihr nach Loma Grande zurückkehren.

Er schloss die Augen und versuchte den Schlaf nachzuholen, den er in der Nacht nicht bekommen hatte.

Die beste Methode, ihn zu töten

1

Er entfernte sich fünf Schritte, spannte die Pistole und richtete seinen Arm auf den Stiel des Feigenkaktus. Er kniff das linke Auge fest zu, und mit dem rechten versuchte er, das Ziel in den Sucher zu bekommen. Er hielt den Atem an, um den Puls unter Kontrolle zu bringen, doch konnte er nicht verhindern, dass die Derringer Davis hin- und herwackelte. Er umklammerte den Griff, und als er nach seiner Schätzung den Stiel gut im Visier hatte, drückte er ab. Er öffnete beide Augen und inspizierte den Kaktus, um zu sehen, ob er getroffen hatte. Torcuato schüttelte verneinend den Kopf.

»Du hast daneben geschossen«, berichtete er mit verschränkten Armen.

Juan Prieto ging zu dem Feigenkaktus und untersuchte ihn, um festzustellen, ob er irgendein Loch hatte. Nichts, die Kugel hatte ihn nicht einmal gestreift. Ramón lockerte den Griff und ließ die Pistole sinken.

»Du hast zu hoch gezielt«, versicherte Pascual, »ich hab gesehen, wie du auf dem Hügel Staub aufgewirbelt hast.«

Schießen war schwieriger, als Ramón gedacht hatte. Die Derringer Davis war so klein und leicht, dass sie nicht gut in der Hand lag. Schier ausgeschlossen, das Hüpfen der beiden Läufe zu unterdrücken.

»Du wirst ihm die Pistole ziemlich nah an den Kopf halten müssen«, meinte Macedonio, »denn so, wie du schießt, wird das in die Hose gehen.«

Torcuato machte eine abwehrende Geste: »Oh ja, ganz

bestimmt, und Gitano hat nichts dagegen, dass Ramón ihm auf die Pelle rückt. Nein, Señor, er muss lernen, von weitem zu schießen«, sagte er. Er bat Ramón um die Waffe, öffnete sie, stieß die leere Hülle heraus, blies die Reste verbrannten Pulvers aus dem Patronenlager, rieb den Kolben mit Spucke ein und lud sie wieder.

»Pass auf«, sagte er zu Ramón, »der Trick ist, dass du den Ellbogen nicht durchstrecken darfst.«

Torcuato stellte sich mit gespreizten Beinen hin und richtete die Waffe parallel zum Zielpunkt aus. Er hob den gebeugten Arm, mit dem er einen rechten Winkel bildete, atmete tief ein, zielte und drückte langsam den Abzug. Der Schuss erklang und hallte von der Staumauer wider. Torcuato reckte den Kopf, um den Weg der Kugel besser verfolgen zu können.

»Von wegen«, sagte Juan zu ihm, »du hast noch höher geschossen als Ramón.«

Torcuato reckte herausfordernd das Kinn.

»Schwätzer, du bist wohl blind«, er trat zu dem Stiel des Feigenkaktus, musterte ihn immer und immer wieder auf der Suche nach einem Einschussloch, bis er schließlich eingestand, dass er sich getäuscht hatte, jedoch nicht, ohne zuvor kategorisch zu behaupten: »Diese Scheißpistole hat ein schiefes Korn.«

Schief oder nicht, Ramón war klar, wie schwierig es sein würde, Gitano mit der Derringer Davis zu töten. Er musste auf kurze, auf sehr kurze Distanz schießen, am besten in die Schläfe oder zwischen die Augen, »wie bei den Wildschweinen, wenn sie sich mit krachenden Hauern auf dich stürzen«, meinte Macedonio zu ihm.

Ramón wusste nicht, wie weit sein Wagemut reichen und ob er im entscheidenden Moment die Nerven behalten würde, um auf Gitano zuzugehen und ihm aus nächster Nähe eine Kugel zu verpassen.

Um drei Uhr nachmittags wussten die meisten Bewohner von Loma Grande, dass Ramón Castaños vorhatte, seinen Rivalen mit der Pistole zu töten, die ihm Juan Prieto geliehen hatte. »Genau die, mit der er in Texas einen Polizisten abgemurkst hat«, behaupteten ein paar, die Juans wahre Geschichte nicht kannten. Es hatte sich ebenfalls herumgesprochen, dass es sich um eine tückische Pistole handelte, mit der man nicht genau zielen konnte. Deswegen hatten sich ein paar Männer im Laden versammelt, um Vor- und Nachteile der Derringer Davis zu kommentieren.

Unterschiedliche Argumente wurden vorgebracht: »Ich glaube, dass so eine winzige Pistole optimal ist«, behauptete Ethiel Cervera, »Gitano wird nicht einmal merken, was Ramón da in der Hand hält.«

»Die Kugeln sind allerdings auch ziemlich klein«, unterbrach Amador, »wenn Ramón ihm nicht in den Kopf schießt, wird ihn Gitano kalt machen.«

»Ja, sehen aus wie Kugeln für die Hasenjagd«, bestätigte Lucio.

»Nein, Mann, ich hab mit noch kleineren Kugeln, den Zweiundzwanzigern, Wild erlegt, und mit so einer erledige ich einen Tiger«, behauptete Sirenio, der Jüngste von den Pérez, selbstgewiss.

»Dummes Zeug«, höhnte Lucio, »wann hast du in deinem Leben auch nur ein armseliges Stück Wild geschossen?«

Sirenio wollte den Streit fortsetzen, doch Torcuato mischte sich ein.

»Du musst ihn umbringen, ohne dass er dich sieht.«

»Von hinten?«, wollte er wissen, »nein, das tut ein Mann nicht.«

»Und was für ein Mann ist Gitano, der das Mädchen hinterrücks erstochen hat?«, entgegnete Torcuato.

»Na ja, da hast du Recht«, bekannte Macedonio und wandte sich wieder an Ramón, »dann ja, schieß ihm in den Rücken.«

»Und wie soll er das anstellen, wo dieser Schuft immer an der Wand entlangschleicht?«, fragte Amador.

»Ja, das stimmt, der Hund ist stets auf der Hut«, fügte Pedro Estrada hinzu.

Die Männer waren noch immer in ihre Diskussion vertieft, als Marcelino eintrat. Wäre jemandem sein finsterer Blick aufgefallen, hätte er gemerkt, dass er Streit suchte.

»Quatscht nicht so lange rum«, fuhr er dazwischen, »der verdammte Gitano ist nicht so blöd und kommt zurück.«

Die anderen verstummten. Niemand hatte die Möglichkeit in Betracht gezogen, dass die Rache nicht stattfinden würde. Alle waren davon ausgegangen, dass Gitano Anfang nächsten Monats in Loma Grande auftauchen würde.

»Er wird nicht so bescheuert sein zurückzukommen«, fuhr Marcelino fort, »oder glaubt ihr etwa, er kommt, um der Toten Blumen aufs Grab zu legen?«

Ohne sich auf seinem Stuhl zu rühren und ohne sein Bier abzustellen, das er in der Hand hielt, behauptete Justino Téllez: »Er wird zurückkommen, das ist so sicher wie das Amen in der Kirche.«

Marcelino drehte sich zu ihm um und sagte mit einer schiefen Fratze: »Wovon redest du da eigentlich, du hast bei Carmelo Lozano damit doch nicht hinterm Berg halten können. Glaubst du vielleicht, wir haben nicht mitgekriegt, dass er heute Morgen bei dir war?«

Justino trank einen Schluck Bier, verschränkte die Arme hinter dem Nacken, und ohne sich im Geringsten aus der Ruhe bringen zu lassen, antwortete er: »Ich scheiß drauf ... Wenn du nicht weißt, was ich Carmelo erzählt habe, halt lieber den Mund.«

Die Witwe Castaños, die hinter der Wand gelauscht hatte, betrat den Laden, um größeren Streit zu verhindern. Sie schritt durch den Kreis der Männer, murmelte allen ein »Guten Tag« zu, fragte Lucio Estrada, wie es um Evelias Gesundheit stand, Pedro, wie es Rosa ging und setzte sich neben dem Tresen auf eine Bank.

Die List der Witwe zeigte Wirkung, und die Gemüter beruhigten sich. Das Gespräch wurde wieder aufgenommen. Anfänglich schnitt man verschiedene Themen an, bis nach und nach die Diskussion um die Derringer Davis wieder begann.

Die Streitfrage wurde eine ganze Weile fortgesetzt, ohne dass sich auch nur im Ansatz eine Lösung bot. Um fünf Uhr nachmittags war die Gruppe zahlenmäßig angewachsen.

Die Neuankömmlinge schlugen sich schnell auf die Seite der einen oder anderen Partei und wogen das Für und Wider der Derringer Davis ab. Die Debatte driftete ab in absurde Berechnungen über das Verhältnis zwischen der Länge des Laufs und dem Aufprall der Kugel, der Auswirkung der Windgeschwindigkeit auf das Gewicht der Kugel und die Flugbahn des Projektils bei kurzer Entfernung, sodass der Kern des Problems nicht gelöst wurde: einen Menschen zu töten, und ihn richtig zu töten.

Jacinto Cruz schien es zu bemerken, und als wäre er mit Ramón allein, sagte er zu ihm: »Hör mal, wir vergessen den ganzen Blödsinn, und ich erzähl dir, wie du Gitano am besten loswirst.«

Jacintos plötzliche Einmischung ließ die anderen verstummen. Die Derringer Davis war auf einmal zweitrangig, und die allgemeine Aufmerksamkeit richtete sich auf das, was Jacinto Ramón vorschlagen würde. Nur dass Jacinto kein Wort darüber verlor, sondern lediglich den Ladenbesitzer aufforderte mitzukommen, »denn ich muss dir zeigen, wie du ihn töten sollst, erzählen kann man so etwas nicht.«

Die beiden verließen das Lokal, gefolgt von Pascual, Torcuato und Macedonio. Die anderen sahen verdattert zu, wie sie sich entfernten, und indem sie so taten, als wären sie überhaupt nicht scharf darauf zu erfahren, was Jacinto Ramón zeigen würde, nahmen sie die Diskussion über Mängel und Vorzüge einer Pistole wie der Derringer Davis Kaliber fünfundzwanzig mit zehn Zentimeter langem Doppellauf wieder auf.

2

Gequält von einer Ahnung erwachte Gitano aus seiner Siesta. Gabriela könnte noch in der gleichen Nacht getötet werden. Das Vorgefühl kam ihm lächerlich vor, und er versuchte, ihm keinerlei Bedeutung beizumessen, doch umsonst. Ungeklärte Dinge, die Unverhofftes nach sich ziehen konnten, lagen in der Luft. Vor allem nagte an ihm der Zweifel darüber, ob Pedro Salgado über sein Verhältnis mit Gabriela Bescheid wusste. Außerdem interessierte ihn die Identität des ermordeten Mädchens. Wer war sie? Warum war sie erstochen worden? Im Augenblick glaubte er, dass man sie versehentlich ermordet hatte, und dass der Messerstich eigentlich Gabriela galt. Gabriela, Gabriela. Gabrielas Name verursachte ihm Schmerzen. Weshalb war sie ihm so wichtig? Warum konnte er sie nicht, wie die anderen auch, zum Teufel schicken? Er hatte schon immer gern mit verheirateten Frauen gespielt, bis die Situation jedesmal auf Messers Schneide stand und er die Frauen genau dann verließ, wenn sie bereit waren, mit ihm zu gehen. Warum konnte er das Gleiche nicht mit Gabriela tun?

Wegen ihr musste er so bald wie möglich zurückkehren. Keine weitere Nacht würde er es aushalten, sie weit weg zu wissen, zu träumen, die Würmer würden sie fressen, sie rasend zu begehren. Trotzdem wollte er nichts überstürzen. Es lohnte sich nicht, noch an diesem Abend nach Loma Grande zu fahren. Mit Sicherheit würde er auf ihren Mann treffen, und das konnte blutig enden. Das Beste war, sich am nächsten Morgen im Dorf blicken zu lassen, nachdem Pedro Salgado mit den anderen Arbeitern zu den Baumwollplantagen aufgebrochen war.

Er dachte, dass er vorher genau herausfinden musste, was in Loma Grande im Zusammenhang mit dem Mord an Adela geschehen war. Er konnte nicht einfach dort auftauchen. Er nahm an, dass Carmelo Lozano etwas wusste und beschloss, ihn im Revier der Landpolizei in Ciudad Mante aufzusuchen.

Als er die Pension *Los Albatros* mitten am Nachmittag verließ, traf er weder Chata Fernández noch ihre Tochter an, weshalb er das Geld, das er ihnen schuldete, in einen Umschlag steckte und unter der Tür ihres Zimmers durchschob. Er legte eine Notiz bei, die eher einem Telegramm glich:

Chata, du hattest Recht. Eine verheiratete Frau muss man mitnehmen.

Grüße

José Echeverri-Berriozabal.

3

Sie gingen erst bei Jacinto zu Hause vorbei, wo der Schlachter ein paar Lassos und eine kleine Umhängetasche holte.

»Was hast du da?«, fragte ihn Macedonio.

»Eine Überraschung«, antwortete Jacinto, während er sich die Tasche über die Schulter hängte und jedem ein Seil in die Hand drückte.

Sie machten sich auf den Weg zu den Viehweiden, die an der Südflanke des Bernal lagen. Als sie ankamen, bat Jacinto sie darum, nach einem gefleckten Stier mit weißer Stirn und gekapptem Schwanz Ausschau zu halten. Pascual entdeckte ihn in der Ferne unter einem Mezquitebaum am Fuß des Hügels weiden, dort, wo das Dorngestrüpp am dichtesten stand.

Laut Jacinto handelte es sich um einen recht jähzornigen und ungeselligen Stier, der meist allein über die Weiden zog.

»Der ist ziemlich wild«, sagte er ihnen, »also seht euch vor.«

Die fünf teilten sich auf, um ihn in die Enge zu treiben. Sie schlichen vorsichtig näher, um zu vermeiden, dass er sich erschreckte und floh. Indem sie sich zwischen den Akazien versteckten, gelang es Jacinto, sich ihm bis auf wenige Schritte zu nähern. Er duckte sich und versuchte, ihn mit dem Lasso zu fangen. Das Seil schlug gegen den

Rücken des Tiers und glitt herab. Da er sich bedrängt sah, hob der Stier herausfordernd die Hörner und rannte den Hügel hinab. Torcuato wollte ihm den Weg versperren, und der Stier senkte den Kopf, um ihn anzugreifen. Torcuato sprang zur Seite, und der Stier rannte an ihm vorbei.

»Schneid ihm dort unten den Weg ab«, schrie Jacinto Ramón zu.

Ramón rannte querfeldein und versuchte, ihn einzuholen, doch der Stier wurde schneller und verschwand im Dickicht. Man hörte bloß, dass er Zweige abbrach und Büsche zertrampelte. Es war schwer vorherzusagen, an welcher Stelle er wieder auftauchen würde. Jacinto, der das Gelände gut kannte, ahnte, dass er an der höher gelegenen Böschung des trockenen Flussbettes durchbrechen würde, und mit einem Pfiff wies er Pascual an, sich dorthin zu begeben.

Pascual rannte geschwind über eine Lichtung und ging hinter einem Feigenkaktus in Deckung. Er spürte das Tier auf der anderen Seite schnauben und hielt nervös das Lasso bereit. Der Stier brach aus dem Dickicht hervor und peilte den Rand des Flussbetts an. Er erwartete ihn und warf ihm das Lasso um eines seiner Hufe. Der Stier brüllte, als er merkte, dass man ihn erwischt hatte, und drängte gewaltsam weiter. Pascual stemmte die Füße in die Erde, um ihn festzuhalten. Durch den Zug lief der Stier im Kreis und griff den Mann an. Pascual wälzte sich über den Boden, um dem Angriff des Tiers auszuweichen, das durch den Schwung auf dem Laubwerk ausglitt und in das Flussbett rutschte. Entschlossen, ihn nicht entkommen zu lassen, wickelte sich Pascual das Seil um seine Hände und ließ sich mitschleifen.

Bei seinem Sturz schlug der Stier mit der Flanke gegen

einen Felsen, und durch die Wucht des Aufpralls überschlug er sich einmal. Pascual wollte das Seil um einen Baum schlingen, doch der wütende Stier rannte über das Geröll des trockenen Flussbettes davon und zog ihn hinter sich her.

Von der Böschung aus beobachteten Torcuato, Jacinto und Ramón, wie Pascual und der Stier auf den glatten Steinen davonstürzten, und sie beeilten sich hinabzuklettern. Ramón holte sie ein und schaffte es, dem Stier ein Lasso um den Hals zu werfen.

»Zieh!«, schrie ihm Torcuato zu.

Er zog an dem Seil, und der Stier verlangsamte seinen Schritt. Torcuato erreichte das Tier und band es am Schwanz fest. Der Stier versuchte sich umzudrehen, um ihn auf die Hörner zu nehmen, doch Torcuato klammerte sich fest an den Schwanz und drehte sich mit ihm mit. Pascual gelang es aufzustehen, und er befestigte seinen Strick an einem Baum. Ramón tat es ihm gleich. Erschöpft gab der Stier seinen Widerstand auf und blieb schließlich ruhig stehen. Torcuato ließ seinen Schwanz los und ging so weit wie möglich in Deckung. Jacinto und Macedonio trafen ein, und gemeinsam warfen sie das Tier zu Boden, um es an den Hufen zu fesseln.

»Verdammter Stier, benimmt sich wie der Teufel höchstpersönlich«, bemerkte Pascual, während er sich auf die Abschürfungen in den Handflächen spuckte, die ihm die Reibung des Seils verursacht hatte, als er mit dem Stier rang.

In ein paar Metern Entfernung schnaubte der niedergeworfene Stier keuchend und schlug bei dem Versuch aufzustehen, mit dem Kopf hin und her.

»Ich dachte, wir könnten ihn bis zu den Ställen treiben«, fuhr Jacinto fort, »doch wie mir scheint, werde ich ihn gleich hier schlachten.«

»Und dann? Sollen wir ihn etwa tragen?«, erkundigte sich Macedonio.

»Nein, ich zerleg ihn und komm später mit den Eseln, um das Fleisch zu holen«, antwortete Jacinto. Er legte die Tasche auf seine Knie und fügte hinzu: »So, Ramón, jetzt werde ich dir zeigen, wie du Gitano umbringst.«

Aus der Tasche holte er einen Eispickel und einen Wetzstahl heraus. Er feilte drei oder vier Mal die Spitze und schabte damit über seinen rechten Daumennagel, um seine Schärfe zu testen.

»Fertig«, sagte er.

Er ging zu der Stelle, an der der Stier lag. Er tastete über die Rippen und zeigte mit dem Finger auf einen Punkt.

»Hier befindet sich das Herz«, zeigte er.

Der Stier, der die Gefahr witterte, stieß ein tiefes und mitleiderregendes Brüllen aus, das von der Uferböschung des Flussbetts widerhallte. An seinem Hals stand eine lange und dicke Ader hervor, und das Fell auf seiner Wirbelsäule zitterte in winzigen Schauern.

Jacinto schwang den Eispickel mit der rechten Hand, und mit der linken strich er die Hautfalten glatt.

»Man muss so zustoßen«, sagte er, und mit einer raschen Bewegung stieß er den Stichel bis zum Griff hinein. Der Stier gab ein schwaches Brüllen von sich und verdrehte die Augen. Er bewegte den Eispickel mehrmals in dem Tier hin und her und zog ihn langsam heraus.

Sofort quoll ein Blutstrahl aus der Wunde.

Ramón, ganz betäubt von der Hinrichtung, blieb keine Zeit zurückzuweichen, und er sah, wie sich seine Schuhe rot besprenkelten. Ihm wurde schwindlig. Er stellte sich vor, Adela sei so verblutet.

»Er hat ein Loch mitten im Herz«, erklärte Jacinto, »es dauert nicht lang, bis er verblutet ist.«

Der Stier betrachtete sie ängstlich, während der Glanz in seinen Augen erlosch. Wie er so reglos und sterbend dalag, wirkte er zahm, ganz anders als die wütende Bestie, die noch vor wenigen Minuten heftig aufbegehrt hatte.

Die Blutfontäne hob und senkte sich abwechselnd im Rhythmus jedes einzelnen Herzschlags, bis sie sich in einen unregelmäßigen Strom verwandelte. Der Stier schnaubte und stieß ein Gerinnsel durch die Nase aus. Die Adern an seinem Hals schwollen an, bis sie sichtbar wurden. Plötzlich reckte er den Kopf und die Hinterläufe und ließ sie schwer zu Boden sinken.

Jacinto beobachtete das letzte Röcheln des Tieres, und ohne Ramón anzuschauen, fragte er: »Hast du verstanden?«

Ramón, der sich vorstellte, dass Adela genau so gestorben sei, verneinte ohne zu zögern.

»Sieh mal«, fuhr Jacinto fort, »wenn ein Stier von dieser Größe so einfach krepiert, kannst du dir ja vorstellen, wie schnell du Gitano das Licht ausblasen kannst.«

Torcuato, der wusste, wie schwierig es war, junge Ziegenböcke und Kälber zu schlachten, fand die Methode großartig. Jetzt musste er nicht mehr die Kehle finden, um sie den Ziegenböcken durchzuschneiden oder die Wirbel der Kälber, um ihnen mit Axthieben das Genick zu brechen, von nun an genügte ein sauberer und treffsicherer Stich.

Auch Macedonio war begeistert: »Gitano wird nicht einmal mitbekommen, woran er gestorben ist«, sagte er, überzeugt davon, dass der Eispickel die ideale Waffe für die Rache war: kurz und tödlich.

Nach und nach vergaß Ramón Adela und hörte den Erklärungen von Jacinto aufmerksam zu.

»Der Trick ist«, fügte der Schlachter hinzu, »dass du fest zustoßen musst, für den Fall, dass du auf einen Knochen triffst, damit die Spitze durchdringt und ganz hineingeht. Deswegen musst du sie schön scharf machen.«

Jacinto stellte sich neben Ramón und ließ den Eispickel im Ärmel seines Hemds verschwinden.

»Du musst ihn hier verstecken«, sagte er und wies auf seinen linken Unterarm, »damit Gitano ihn nicht sieht, und wenn du ihn vor dir hast, holst du ihn mit der anderen Hand heraus und rammst ihn ihm unterhalb der Achsel hinein.«

Er hielt Ramón den Eispickel hin: »Mal sehen, mach es selbst.«

Ramón fasste ihn am Griff und übte zwei oder drei Mal den Angriff, den Jacinto ihm vorgeführt hatte.

»Jetzt probier es an dem Tier aus«, schlug Pascual vor.

Ramón drehte sich um und sah die enorme reglose Masse vor sich liegen.

»Wozu?«, fragte er.

»Damit du Übung bekommst«, bemerkte Jacinto.

Sie hoben den Stier an den Hörnern hoch und hängten ihn an den Ast eines Ebenholzbaums.

»Stich ihm in die Rippen und stoß durch den Knochen«, befahl ihm Jacinto.

Pascual stieß den Körper an, und der Kadaver fing an zu baumeln. Ramón versetzte ihm einen Stich, doch der Eispickel drang kaum ein.

»Nein, nein, nein«, tadelte ihn Jacinto, »du musst den ganzen Arm dazu nehmen. Ich zeigs dir.«

Er stellte sich neben den Stier, und Pascual stieß ihn noch einmal an. Der Schlachter duckte sich, und beim ersten Schwung des Kadavers griff er mit Wucht an, und er trieb den Eispickel bis zum Griff hinein.

»Du musst richtig fest zustoßen. So, wie du dich anstellst, wird Gitano höchstens ein Kitzeln spüren.«

Ramón unternahm vier Versuche, bis es ihm beim fünften gelang, das Eisen ganz in dem dunkelvioletten Fleisch zu versenken. Um zu zeigen, dass er die Technik beherrschte, wiederholte er es noch dreimal.

Jacinto tätschelte den Rücken des Tiers und schärfte ihm ein, Gitano unterhalb der Achsel, auf der Höhe der linken Brustwarze anzugreifen.

»Und sobald du die Spitze hineingestochen hast, bewegst du sie in alle Richtungen, damit du ihn von innen zerfetzt«, bestimmte er.

Macedonio war verblüfft von der freundlichen, erfahrenen und sogar väterlichen Art, in der Jacinto ihn unterwies. »Sag mal, Jacinto, wie viele Typen hast du dir schon vorgeknöpft?«, fragte er ihn.

Ohne eingeschnappt zu sein, antwortete Jacinto: »Ich keinen, aber der, der mir gezeigt hat, wie man das Vieh schlachtet, hat bestimmt zehn Halunken auf dem Gewissen.«

Keiner glaubte ihm das, und die Sache wurde nicht weiter kommentiert.

Sie schlitzten den Stier auf und nahmen die Eingeweide heraus. Jacinto nahm die essbaren Organe – Leber, Lunge,

Pansen, Hoden und Nieren – und verstaute sie in Plastikbeuteln. In einen gesonderten Beutel legte er den Labmagen und den Penis. Er zeigte allen das von sechs Stichen durchbohrte Herz und überreichte es Ramón.

»Du bist sehr treffsicher«, sagte er zu ihm«, nimm es mit als Erinnerung.«

Sie häuteten den Kadaver und bedeckten ihn mit dornigen Akazienzweigen, damit die Kojoten ihn nicht fraßen. Jacinto salzte die Haut ein, rollte sie zusammen und verschnürte sie mit einer Hanfkordel.

»Ich schenke dir das Fell, wenn du mir den Karren von deinem Großvater leihst«, schlug er Pascual vor. Sie vereinbarten, abends zurückzukommen, um das Tier zu holen.

Vor Einbruch der Dunkelheit kehrten sie ins Dorf zurück. Auf dem Weg befühlte Ramón mehrmals seine Hose. Er wollte sich versichern, dass sich noch immer das Schwarzweiß-Foto von Adela im Dreiviertel-Profil in seiner Tasche befand.

4

Gitano erreichte El Abra und hielt an, um ein Dutzend Orangen zu kaufen. Außer dem Teller Bohnen am Morgen hatte er noch nichts gegessen. Er setzte sich in den Laderaum des Lieferwagens, schälte mit den Zähnen eine Orange, saugte den Saft aus den Scheiben und spuckte die Haut aus. Mit einem feuchten Lappen beseitigte er die gelbgrünen Flecken, die Dutzende von Libellen beim Aufklatschen auf seiner Windschutzscheibe hinterlassen hatten. Er aß noch eine Orange und legte den Rest in eine Kühlbox.

Er verließ El Abra und fuhr auf die Bundesstraße nach

Ciudad Mante mit der Absicht, Carmelo Lozano einen Besuch abzustatten. Auf dem Weg erinnerte er sich an einen griechischen Seemann, den er in seiner Jugend kennen gelernt hatte. Er war Kapitän eines Handelsschiffs unter liberianischer Flagge, das auf seiner Küstenroute in den Häfen von Colón, Progreso, Coatzacolacos, Veracruz, Tampico und Brownsville anlegte. Er wurde der »Rote Papadimitru« genannt, nicht wegen seiner Haarfarbe – er war mit seinen vierzig Jahren schon völlig ergraut –, sondern weil er ein überzeugter Anhänger der kommunistischen Partei war.

Er sprach ein einwandfreies Spanisch, mit einem Akzent, der halb wie von einem Ausländer, halb wie von einem Küstenbewohner klang. Seine Muttersprache benutzte er nur, wenn er in Rage geriet und ausrief: »Star gidia«. In Tampico war er unter anderem berühmt dafür, dass er in Form blieb, indem er mit dem Fahrrad auf dem Deck seines Schiffes umherfuhr. Gitano hatte ihn in einer illegalen Spielhalle am Hafen kennen gelernt, wo er beim Kartenspielen hohe Summen setzte. Der »Rote« kam nur selten zum Spielen dorthin, sondern trank lieber ein paar Gläser mit seinen Freunden. Er war ein großartiger Plauderer und entwickelte gerne ausgefallene Theorien über Alltäglichkeiten. Mehrere Männer hatten sich um ihn geschart, unter ihnen Gitano, nur um ihm zuzuhören.

In einer der zahllosen Nächte sagte der »Rote Papadimitru« einen Satz, der Gitano lebhaft in Erinnerung geblieben war. »Es gibt Frauen«, erklärte der Seemann, »die sind Körper, und andere, die sind Personen.« Jemand ließ ihn wissen, dass eine solche Unterscheidung sehr einfältig sei, dass jede Frau auf die eine oder andere Weise Körper und Person zugleich sei. Unter der trübenden Wirkung einer Flasche Whisky machte der »Rote« klar: »Seht mal, es gibt Frauen, mit denen geht man ins Bett, und Bumm! Das wars. Als wär nichts passiert, man vergisst sie am nächsten Morgen. Die nenne ich Körperfrauen. Doch es gibt welche, mit denen kann man ein Leben lang ins Bett gehen, und nie vergeht einem die Lust, mit ihnen zu schlafen. Sie sind in jeder Minute ihres Lebens wie eine Wundertüte. Das sind die Personenfrauen. Die einen legt man ab und ist ihrer einfach überdrüssig. Doch die anderen wirst du nicht mehr los, so sehr du auch versuchst, sie dir aus dem Kopf zu schlagen.«

Seine Thesen brachten dem »Roten« Spott, Applaus und Schmähungen ein. Sie bezichtigten ihn, ein Macho, Hinterwäldler, Sprücheklopfer und Dummkopf zu sein. Der »Rote« scherte sich nicht um das Gedrumse, das er da ausgelöst hatte, und sonderte weiter seine Theorien ab.

Gitano war so beeindruckt von den Überlegungen des »Roten«, dass er die ganze Nacht darüber nachdachte. Er fragte sich, ob es für die Frauen ebenfalls die Körpermänner und die Personenmänner gab, und was geschah, wenn ein Körpermann eine Körperfrau traf, oder wenn ein Personenmann eine Personenfrau traf und umgekehrt.

Am darauf folgenden Tag wollte er vor seinen Klassenkameraden damit prahlen, indem er die Theorie, die er beim »Roten« gehört hatte, als seine eigene ausgab. Er sah nicht vorher, dass seine Ausführungen auf ihn zurückfallen könnten, bis einer seiner Mitschüler zu ihm sagte: »Dann ist deine Mutter also eine von den Körperfrauen, denn soweit ich weiß, hat dein Vater sie einfach nur zum Spaß genommen und sie mit dir sitzen lassen …«

Gitano erblasste vor Zorn, während sich die anderen über ihn lustig machten. Er wollte dem, der ihn beleidigt hatte, eine reinhauen, doch anstatt sich mit ihm anzulegen, rannte dieser über den gesamten Schulhof und rief: »Kommt euch den Sohn der Körperfrau anschauen, kommt euch den Sohn …« Gedemütigt verließ Gitano die Grundschule und kehrte nie wieder zurück.

Er ging auch nicht mehr in die Spielhalle und verwünschte den »Roten«. Es freute ihn, als er Jahre später erfuhr, dass man ihn tot aufgefunden hatte, den Hals einer Tequilaflasche in den Bauch gerammt, die ihm eine Hafennutte verpasst hatte, eine Körperfrau.

Bis zu diesem Dienstagnachmittag, an dem ihm bewusst wurde, dass er, so oft er auch mit Gabriela schlief, nie davon genug bekommen würde, hatte er nicht mehr an den »Roten« und seine Theorien gedacht. Er konnte Gabriela von Kopf bis Fuß mit Küssen bedecken, er konnte jeden Zentimeter ihrer Haut lecken und auf jedem einen anderen Geschmack feststellen. Jetzt glaubte er, den griechischen Kapitän zu verstehen. Das von dem »Roten« waren nicht bloß Machosprüche gewesen, sondern hilflose Versuche eines offensichtlich verliebten Mannes, die Frau, die er liebte, irgendwie von den anderen zu unterscheiden.

5

Er erreichte Mante und durchquerte die ganze Stadt, bis er die Abfahrt nach Ciudad Victoria erreichte. Im letzten Haus, das dicht an der Landstraße stand, befand sich das Revier der Landpolizei.

Er klopfte an die Tür, und ein schläfriger Polizist mit heraushängendem Unterhemd und einer Bierfahne öffnete ihm die Tür.

»Hallo, Gitano, was gibts? Komm rein, der Capitán ist in der Stube.«

Einmal im Monat kam Gitano in das Polizeirevier, um seinen Anteil zu begleichen. Als pünktlich zahlender Schmuggler wurde er von der Mannschaft sehr geschätzt, und abgesehen von seinen zahlreichen Geschichten mit verheirateten Frauen war er ein Typ, der Streit und Schwierigkeiten aus dem Weg ging. In einem der Räume traf er auf Carmelo Lozano, der mit drei seiner Untergebenen Domino spielte. Neben seinem Stuhl lagen ein paar leere Bierflaschen, und auf dem Tisch standen eine Flasche Rum und ein Teller mit Resten gefüllter Maisfladen. Eine nackte Glühbirne, bedeckt mit Fliegendreck, erhellte den Raum. Lozano, ohne Hemd und mit einem feuchten roten Lappen über den Schultern, lud Gitano ein, sich zu ihnen zu setzen.

»Warte einen Moment«, sagte er zu ihm, »ich muss nur eben dafür sorgen, dass der Kamerad auf seiner Doppelsechs sitzen bleibt, dann bin ich für dich da.«

Er setzte die Partie Domino fort. Gitano betrachtete zwei tote Weißwedelhirsche, die an einem Querträger im Hinterhof hingen.

»Die haben wir von ein paar Jägern konfisziert«, erklärte Lozano. »Morgen veranstalten wir ein Barbecue, hast du Lust?«

»Nein, ich hab zu tun«, antwortete Gitano und richtete seinen Blick auf die Dominosteine des Capitán.

Lozano drehte einen um und ließ ihn auf dem Tisch kreisen.

»Mit dem gewinne ich«, sagte er.

So war es. Einer der Spieler legte eine Doppelvier, und der Capitán wurde seinen letzten Stein los: eine Vier-Zwei.

Lozano stand vom Tisch auf und reckte sich, bis er die Decke mit den Händen berührte.

»Macht die Suppe fertig«, befahl er, »mal sehen, was ich inzwischen für unseren Spezi tun kann.«

Er nahm einen Schluck Schnaps und bot ihn Gitano an.

»Was führt dich hierher?«, fragte er.

»Das Leben, Capitán.«

Lozano grinste.

»Und was noch, davon abgesehen?«

»Ich habe in Loma Grande ein paar Geschäfte zu erledigen, und man hat mir erzählt, da sei was im Busch … Gibt es irgendeinen Grund?«

»Ein Mädchen wurde ermordet.«

»Ja, hab ich gehört«, unterbrach Gitano.

Lozano fuhr mit dem gleichen Satz fort. »… und im Dorf herrscht ziemlicher Aufruhr.«

»So schlimm?«

»Genug, dass sie dir den Schädel einschlagen, falls es dir in den Sinn kommen sollte, dort aufzutauchen.«

»Wieso mir? Ich hab mit der Sache nichts zu tun.«

Carmelo reckte sich noch einmal und ließ sich schwer auf den Stuhl fallen.

»Meine Nase, Kumpel, meine Nase sagt mir das.«

Er fing ein neues Spiel an.

»Was für Geschäfte hast du laufen?«, erkundigte sich Lozano.

»Ich muss ein paar Schulden eintreiben.«

»Treib sie ein andermal ein.«

»Sie haben mir versprochen, sie morgen zu begleichen.«

Lozano nahm sieben Dominosteine aus dem Talon,

stellte sie aufrecht hin und ordnete sie nach ihrer Augenzahl.

»Schau mal, was für ein mieses Spiel, Kumpel«, sagte er zu Gitano und zeigte auf seine Reihe. Er hob den Kopf und blickte seinen Mitspieler an: »Wer fängt an, du oder ich?«

Der andere eröffnete mit einer Doppeldrei.

»Ich hab den Eindruck, dass du mit einem Weibsbild dort was am Laufen hast und es dich in der Hose juckt.«

»Da ist was dran, aber eigentlich fahr ich hin, um das Geld einzutreiben.«

»Willst du einen Rat, Freundchen? Lass dich im Dorf nicht blicken ... Im Ernst, die Leute sind höllisch aufgebracht.«

»Ich will ja nur hin, um mir mein Geld zu holen. Ich verschwinde am gleichen Tag wieder.«

Lozano machte eine missbilligende Geste und schlug mit einem Spielstein auf den Tisch.

»Ich passe«, sagte er.

Der nächste Spieler war dran, und der Capitán musste wieder passen.

»Verdammt, schau mal, wie ich hinterherhänge«, warf er seinem Mitspieler vor.

Nervös antwortete der Untergebene: »Beim nächsten Mal, beim nächsten Mal.«

Mit dem Tuch, das über seinen Schultern lag, wischte sich Lozano den Schweiß vom Gesicht und nahm noch einen Schluck aus der Schnapsflasche.

»Schon gut, Gitano, mach, was du willst ... Komm nur nachher nicht, um mir was vorzuheulen.«

Die Partie endete damit, dass Lozano mit fünfundzwanzig Augen verlor.

»Verfluchter Mist«, sagte Carmelo und mischte die Steine.

Gitano rieb nervös die Hände an den Hosen.

»Hör mal, Capitán, könntest du mir nicht eine Pistole leihen? Nur für den Fall, dass jemand im Dorf verrückt spielt«, sagte er und dachte dabei an Pedro Salgado.

»Nein, Mann«, rief Lozano aus, »das legt sich schon wieder. Außerdem, wozu brauchst du sie? Sagt man sich dort nicht, du hättest ein dickes Fell?«

»Ja, schon, aber auch den Katzen gehen irgendwann ihre neun Leben aus.«

Der Capitán blickte Gitano forschend an.

»Warum so ängstlich, Kumpel? Sagtest du nicht, du hast damit nichts am Hut?«

»Und behauptest du nicht, dass die Situation in Loma Grande ziemlich aufgeheizt ist?«, antwortete Gitano mit Nachdruck, »ich will die Pistole doch nur für den Notfall.«

Lozano schien die Antwort zu gefallen, denn er schlug einen anderen Ton an.

»Ich leihe sie dir nicht«, sagte er, und bevor Gitano etwas einwenden konnte, fügte er hinzu, »ich verkaufe sie dir.«

»Für wie viel?«, fragte Gitano, ohne einen Hehl aus seiner Zufriedenheit zu machen.

Lozano blickte die drei Untergebenen an, mit denen er Domino spielte, und als hätte er sich mit ihnen abgesprochen, antwortete er: »Zweieinhalb Millionen.«

»Was soll das, Capitán? Dafür kauf ich mir einen Hinterlader.«

»Willst du sie oder willst du sie nicht?«

Gitano steckte die Hand in seine Hosentasche und befühlte die zwei Millionen, die er mit dem Verkauf der Kassettenrekorder verdient hatte.

»Ich geb dir anderthalb.«

Lozano nahm seine sieben Steine, und ohne den Blick abzuwenden, antwortete er auf das Angebot: »Kommt nicht in Frage … gib mir zweizwei.«

»Einssechs.«

»Einsneun, und damit basta.«

»Gemacht.«

Gitano holte die Geldscheine hervor, zählte sie und legte sie auf den Tisch.

»Da.«

Der Capitán nahm sie in aller Ruhe, und ohne sie zu zählen stopfte er sie in sein Unterhemd.

Er begann eine neue Partie Domino und beendete sie. Es folgten noch eine und noch eine, und Lozano rührte sich nicht von seinem Platz. Ungeduldig verlangte Gitano: »Und die Pistole?«

Überraschung heuchelnd antwortete der Capitán: »Was für eine Pistole?«

Verärgert beschwerte sich Gitano: »Mach keinen Scheiß, Capitán … spiel nicht den …«

»Du gehst mir auf den Wecker, Kumpel, ich hab keinen Schimmer, wovon du redest«, sagte Lozano und blickte seine Männer fragend an. »Wisst ihr, was unser Freund hat?«

Vage lächelnd schüttelten die drei Polizisten die Köpfe.

»Siehst du, wir wissen nicht, was für eine Pistole du willst.«

Gitano wusste, dass es keinen Sinn hatte, sich mit dem Capitán zu streiten, wenn er sich so anstellte.

»Du willst mich einfach so abzocken?«

Carmelo Lozano legte einen Stein in die Mitte des Tischs.

»Ich eröffne mit einer Doppelfünf«, sagte er und wischte sich wieder das Gesicht mit dem feuchten Lappen ab. Danach klopfte er Gitano auf das Knie.

»Versteh das nicht falsch, Kumpel, ich zock dich nicht ab, ich tu das, um dir zu helfen.«

»Indem du mich um meine Kohle bringst?«

»Nein«, betonte der Capitán, »das Geld verrechne ich als Vorschuss auf deine Abgaben ... Und jetzt verschwinde. Du lenkst mich nämlich ab, nachher verliere ich noch.«

Gitano wollte sich zur Wehr setzen, doch Lozano ließ ihn nicht zu Wort kommen.

»Raus jetzt, wenn du nicht augenblicklich verschwindest, häng ich dir was an und sperr dich ein.«

Gitano gab es auf und verließ wütend das Revier. Mir nichts dir nichts hatte ihn der Capitán um beinahe zwei Millionen Pesos erleichtert.

Er durchquerte erneut die Stadt, um auf der anderen Seite die Straße nach Tampico zu nehmen. Auf einem angrenzenden Weg machte er Halt. Er kletterte hinten in den Aufbau, rollte die Schlafmatte auf dem Boden aus, breitete ein paar Bettlaken darüber und legte sich schlafen. Er war fest entschlossen: Ob es Ärger gab in Loma Grande oder nicht, ob mit oder ohne Pistole, am nächsten Tag würde er Gabriela holen.

Die Nacht davor

1

»Gitano ist in Los Aztecas.«

Die Nachricht erreichte das Dorf aus dem Mund von Guzmaro Collazos, welcher gerade erst aus dem Bus gestiegen war, der am Dienstagnachmittag in Loma Grande hielt und dessen Route über El Abra, El Triunfo, Plan de Ayala, Niños Héroes, Los Aztecas, Ejido Madero, Díaz Ordaz, Canoas, Graciano Sánchez, Ejido Pastores, Loma Grande, Santa Ana, El Dieciocho und López Mateos nach Ciudad Mante führte.

»Woher weißt du das?«, erkundigte sich Amador Cendejas.

»Ich hab seinen Lieferwagen vor der Pension stehen sehen«, antwortete Guzmaro, während er versuchte, einen der Truthähne, mit denen er unterwegs gewesen war und der erdrückt von zwei Säcken Zucker keine Luft mehr bekam, wiederzubeleben.

Marcelino, noch immer in Rage wegen seines Streits mit Justino Téllez, fuhr ihn an: »Du hast es verraten.«

»Er kann es nicht lassen«, flüsterte Justino, damit es nur die hörten, die in seiner Nähe waren.

Guzmaro hörte auf, dem leblosen Truthahn in den Schnabel zu pusten, und ungerührt erwiderte er: »Komm mir nicht damit, Huitrón, ich bin kein klatschsüchtiges Weib.«

»Na, du warst doch der Einzige, der das Dorf verlassen hat, seit wir wissen, dass Gitano das Mädchen umgebracht hat.«

Das stimmte. An diesem Morgen war Guzmaro mit

dem Fahrrad nach Niños Huertos gefahren, um das Federvieh zu kaufen. Er überließ das Fahrrad einem Cousin, der dort wohnte, und kehrte mit dem Bus zurück, um sich nicht mit den ganzen Truthähnen abplagen zu müssen.

»Lass dir gesagt sein, Marcelino, dass ich Gitano nicht einmal gesehen habe. Nur seinen Lieferwagen habe ich flüchtig zu Gesicht bekommen.«

»Man wird sehen … man wird sehen …«, murmelte Marcelino.

Guzmaro ging auf die Provokation nicht ein. Der Truthahn war ihm unter den Händen weggestorben, und jetzt wusste er nicht, was er mit ihm anstellen sollte.

Zu wissen, dass sich Gitano in der Nähe von Loma Grande aufhielt, stachelte die meisten Dorfbewohner auf und verursachte eine allgemeine Gier danach, ihn zu töten. Sotelo Villa schlug vor, sich gemeinsam nach Los Aztecas aufzumachen, um ihn zu lynchen, doch Justino Téllez beruhigte ihn: »Dieser Streit geht uns nichts an«, sagte er, »das ist Sache von Ramón.«

Als Ramón vom Stierschlachten zurückkehrte, hielten die Männer bereits erwartungsvoll nach ihm Ausschau. Sie wollten wissen, wie er auf den Umstand, dass Gitano nur wenige Kilometer entfernt war, reagieren würde. Sie setzten ihn auf unterschiedliche Weise unter Druck. Ein paar, indem sie verlangten, dass er seinen Racheschwur wiederholte. Andere, die hitzköpfigsten, zu denen Marcelino Huitrón und Sotelo Villa gehörten, indem sie ihn drängten, noch in derselben Nacht nach Los Aztecas aufzubrechen und Vergeltung zu üben. In seiner Verwirrung war Ramón nicht dazu in der Lage, den Plagegeistern etwas zu entgegnen. Jacinto Cruz wollte ihm helfen, sie zum Schweigen zu bringen.

»Ein guter Jäger«, sagte er gemessen, »wartet, bis der Tiger kommt, er geht ihn nicht suchen.«

Die Worte stachelten Marcelino Huitrón auf.

»Und was, wenn er nicht kommt?«, fragte er hochmütig.

Justino Téllez fuhr dazwischen, bevor Jacinto antworten konnte: »Wie oft soll ich dir noch sagen, Marcelino, dass Gitano wiederkommt?«, sagte er gereizt.

Kampflustig bot ihm Marcelino die Stirn.

»Und wie oft soll ich dich noch fragen, woher du das wissen willst?«

Justino erhob sich von seinem Stuhl, stellte die leere Bierflasche auf den Resopaltisch und wandte sich zu Marcelino.

»Ein reines Gewissen ist ein sanftes Ruhekissen«, antwortete er, und ohne weitere Erklärungen drehte er sich um und ging.

Die anderen blieben verwirrt zurück. Nur Ranulfo Quirarte hatte den Vorsteher genau verstanden. Zweifellos wusste Justino um die Unschuld Gitanos, und somit konnten es auch andere wissen. Ranulfo wurde klar, wie brüchig seine Lüge war, und bekam Angst. Wenn Ramón Gitano nicht umbrachte, was sehr wahrscheinlich war, würde Gitano herausfinden, wer ihm das Verbrechen hatte anhängen wollen und sich für das ihm angetane Unrecht rächen. Jetzt konnte er nicht mehr zurück und den Schwindel widerrufen, den er in die Welt gesetzt hatte. Er musste irgendetwas unternehmen, damit Gitano geopfert wurde. Das war seine einzige Rettung. Nervös wand er sich aus der Menschenansammlung heraus und ging nach Hause, um sich einzuschließen und – zu warten.

Die Nacht brach herein. Die Männer zogen sich zurück. Nur ein paar blieben im Laden. In der Luft lag die Gewissheit, dass sich die Ereignisse jeden Augenblick überschlagen konnten.

Jacinto gehörte zu denen, die diese Gewissheit besaßen. Er nahm Ramón beiseite.

»Sei auf der Hut«, sagte er zu ihm, »Gitano wird nicht mehr lange auf sich warten lassen.«

Er nahm den Eispickel aus der Jagdtasche und schliff ihn mehrmals.

»Fertig«, sagte er und überreichte ihn Ramón, der ihn nur widerstrebend entgegennahm.

»Denk nicht darüber nach«, fügte Jacinto hinzu, »töte ihn, ohne darüber nachzudenken.«

Ramón betrachtete die scharfe Spitze, die in seiner Hand glänzte. Es blieb weder Zeit für weitere Scheinangriffe auf die Rippen eines toten Tiers noch für weiteres Blabla. Die Jagd, die richtige Jagd hatte begonnen.

Letztes Kapitel

1

Kurz vor Sonnenaufgang weckte ihn das Lärmen der Drosseln auf den Zweigen des Apfelbaums, unter dem er den Lieferwagen geparkt hatte. Abgesehen von seinem Groll gegen Carmelo Lozano wegen des Geldes, das dieser ihm abgeknöpft hatte, und der gespannten Erwartung, in wenigen Stunden wieder Gabriela Bautistas Körper in seinen Armen zu spüren, hatte er gut geschlafen. Nicht einmal die quälende Hitze, die sich im Inneren der Kabine gestaut hatte, störte seinen Schlaf.

Gitano öffnete die Kabinentür, und die Vögel flatterten davon. Er steckte den Kopf heraus, um die frische Morgenluft einzuatmen. Es roch nach verbranntem Zuckerrohr. Er setzte sich auf eine Kühltasche, schlüpfte in ein paar Segelschuhe und verließ den Laderaum. In der Dämmerung konnte er am Horizont die Anhöhe des Bernal ausmachen. Bald würde er dort vorbeifahren.

Er zündete den Kocher an und setzte Kaffeewasser auf. Er hatte keine Eile. Außerdem tat er gut daran zu warten, bis der Mann von Gabriela zu den Plantagen von Salado aufgebrochen war. Wenn er gegen acht Loma Grande erreichte, würde er den Rivalen in sicherer Entfernung wissen.

Er tat fünf Löffel Zucker und einen Löffel Milchpulver in den Kaffee. Als er ein Kind war, hatte seine Mutter ihn so zubereitet. Sie bestand darauf, dass die Süße ihm Energie gab und ihm half, schneller zu wachsen.

Er trank den Kaffee und lutschte die Scheiben von zwei Orangen, spülte die schmutzige Tasse ab und kippte den restlichen Spiritus aus dem Campingkocher in ein Glas.

Ein Kojote lief an ihm vorbei. Sie schauten sich einen Moment lang an, und ohne Anzeichen von Furcht oder Unruhe setzte dieser seinen Weg fort.

Er schaltete das Radio ein. Der Sender aus Tampico brachte das Programm *Buenos Días Rancheros.* Zwei schläfrige Sprecher, die versuchten, einen witzigen und unterhaltsamen Dialog zu führen, kommentierten die Briefe, die sie von ihren »lieben, lieben Radiohörern« erhielten. Nachdem jeder einen vorgelesen hatte und sie den »unvergleichlichen Nutzen, den die Produkte von Bayer für die Landwirtschaft und Viehzucht brachten«, gerühmt hatten, meldeten sie die genaue Uhrzeit.

Nachdem Gitano gehört hatte, dass *Bayticol* das beste Mittel gegen Zecken sei und es sieben Uhr sechzehn war, beschloss er, loszufahren.

Er stellte den Campingkocher in eine Kiste, rollte die Schlafmatte zusammen, faltete die Laken und nahm aus der Kühltasche eine Orange, um sie auf dem Weg zu essen.

Er startete den Motor und ließ ihn warmlaufen. Er schlug das Lenkrad ein, wendete den Lieferwagen und nahm die Landstraße nach Tampico. In vierzig Minuten würde er an seinem Bestimmungsort sein.

2

Der erste, der ihn kommen sah, war Pascual Ortega. Er erkannte den Lieferwagen aus der Ferne, auf der Steigung der Zufahrt zur Achtzehn. Er verfolgte aufmerksam den kleinen schwarzen Punkt, der sich den Weg entlangschlängelte, und als er sicher war, um wen es sich handelte, ließ er den Pflug und die Pferde, mit denen er das Feld umgrub, stehen und rannte los ins Dorf.

Torcuato Garduño lud gerade in seinem Vorgarten ein paar Säcke Mais auf den Rücken eines Esels, als er Stimmen vernahm. Er kletterte auf das Dach des Hauses und erblickte Pascual, der auf Teufel komm raus über die Ackerfurchen sprang und aus vollem Halse schrie: »Da kommt er … Da kommt er …«

Torcuato hob den Blick und entdeckte den Lieferwagen, der auf das Dorf zufuhr.

»Verfluchter Mist!«, rief er aus.

Er kletterte herunter, indem er sich über das Wellblech hangelte, band den Esel an einem Pfosten fest und machte sich eilig auf den Weg zu Jacinto Cruz' Ställen.

Er fand ihn gemeinsam mit Macedonio im Schuppen, wo sie den Stier zerlegten, den sie am Tag zuvor geschlachtet hatten.

»Er ist da«, rief er laut.

Der Schlachter säuberte ein abgeschnittenes Stück Fleisch, legte den Streifen auf eine Zeitung und fragte: »Wer ist da?«

Ganz aus dem Häuschen antwortete Torcuato: »Verdammt … Gitano natürlich.«

Jacinto richtete sich auf, nahm ein Stück Zeitungspapier und wischte sich das Blut von den Händen ab.

»Er ist schon da?«, fragte er in aller Ruhe.

»Noch nicht, aber gleich.«

Jacinto dachte einen Moment nach.

»Geh und sag Ramón Bescheid. Sag ihm, dass Gitano schon auf dem Weg ist, dass er sich bereithalten soll. Ich lotse ihn zum Laden.«

Torcuato vernahm die Anweisungen, setzte mit einem Sprung über den Stallzaun und schoss davon, um die Nachricht zu überbringen.

»Und du«, fuhr Jacinto fort, indem er sich an Macedonio wandte, »trommle alle zusammen, die du auftreiben kannst, und haltet euch in der Nähe des Ladens auf für den Fall, dass es brenzlig wird.«

Macedonio machte sich auf den Weg zu den Feldern, um die Leute zu versammeln. Jacinto wickelte die Fleischstücke ein und packte sie in einen Jutesack. Er steckte das Fleischermesser in seine Schutzhülle und schob es unter sein Hemd. Er kam zu dem Schluss, dass er Gitano am besten erwischte, wenn er vor dem Haus von Rutilio Buenaventura auf ihn wartete, wo Gitano mit Sicherheit als Erstes vorbeischauen würde, um ihn dort auf ein paar Bier bei Ramón einzuladen.

Er schob den Riegel vor die Tür zum Innenhof und bemerkte Pascual, der rufend das Dorf erreichte: »Da kommt er … Da kommt er …«

3

Justino Téllez stellte ein Glas Milch auf dem Tisch ab und ließ seinen Oberkörper gegen die Stuhllehne fallen. Er hatte Pascuals Warnrufe und den Tumult, der darauf gefolgt war, gehört. Jetzt hörte er das Brummen des Lieferwagens, der näher kam.

Er schloss die Augen. Schon oft hatte er dieses besondere Rauschen gehört, das dem Tod vorausgeht. Dasselbe Rauschen, das er an dem Morgen vernommen hatte, an dem die drei Brüder Jiménez Nazario Duarte umbrachten, dasselbe Rauschen wie in der Nacht, als Rogaciano Duarte aus Rache die Hütte von Hipólito Jiménez ansteckte und er zusammen mit seiner Frau und seinen beiden Töchtern bis zur Unkenntlichkeit verbrannte, dasselbe Rauschen wie an dem Nachmittag, als acht Polizisten der Staatspolizei Adalberto Garibay in einen Hinterhalt lockten, wo sie ihn aus Versehen durchsiebten, weil sie ihn mit einem Drogenschmuggler verwechselt hatten. Dasselbe Rauschen: Schritte im Staub, Stimmen, ein Kommen und Gehen und eine trügerische Stille. Ein Rauschen, das man eigentlich nur inwendig hörte.

Er nahm das Glas und schwenkte es sanft hin und her. Er sah zu, wie die Milch an dem Glas haften blieb und langsam herabfloss. Er konnte in diesem Augenblick zur Landstraße gehen und Gitano vor dem geplanten Angriff warnen. Er konnte zum Laden gehen und Ramón darüber in Kenntnis setzen, dass Gitano nichts mit dem Verbrechen zu tun hatte, dass seine kleine Freundin – sofern sie wirklich seine Freundin war – von dem gleichen Mann erstochen worden war, der ein paar Minuten, bevor sie starb, mit ihr geschlafen hatte und dass sie es nicht wert war, sie mit unschuldigem Blut zu rächen. Er konnte vor aller Augen das heimliche Spiel des wirklichen Mörders entlarven, der wahrscheinlich die Umstände dahingehend beeinflusste, dass das tödliche Treffen zwischen Ramón und Gitano stattfand. Er könnte von einem Moment auf den anderen das Todesrauschen, das ihm in den Ohren lag, beenden. Er tat nichts dergleichen. Er begnügte sich damit zuzuschauen, wie die Milch an dem Glas herunterlief.

4

Sie zog sich aus und schüttete mehrere Gläser Wasser über ihre Haare. Um sich zu erfrischen, ließ sie das Wasser über ihren Oberkörper laufen. Es galt, einen weiteren Morgen aus Hitze und Staub zu überstehen.

Sie schaltete das Kofferradio ein und stellte es laut, setzte sich auf das Bett und fing an, ihre Haare zu kämmen. Sie trällerte die Cumbia mit, die aus dem Apparat schallte. Als sie mit Kämmen fertig war, erhob sie sich vom Bett und blickte in den Spiegel. Winzige, beinahe unmerkliche Fältchen umgaben ihre Augen. Ernüchtert runzelte sie die Stirn. Schon vor Zeiten hatte ihre Großmutter zu ihr gesagt, dass Frauen, die anfingen, Falten zu bekommen wie Früchte waren, die zu faulen begannen. Das stimmte nicht, sie hatte schon vorher zu faulen begonnen.

Sie wandte sich vom Spiegel ab und ging in die Vorratskammer. Sie war hungrig. Sie ging am Fenster vorbei und konnte durch den dünnen Vorhangstoff Pascual Ortega sehen, der in der Ferne an den Klassenzimmern der Schule vorbeirannte. Sie bemerkte, dass er etwas rief, doch konnte sie wegen des Radiolärms nicht verstehen, was er sagte. Sie stellte das Radio leiser, und als sie wieder zum Fenster hinausschaute, war Pascual verschwunden. Einen Augenblick verharrte sie nachdenklich. Auf einmal hörte sie das Brummen eines Motors. Sie spitzte die Ohren: Es war dieses unverwechselbare Brummen. Sie öffnete den Vorhang, ohne darauf zu achten, dass man sie von der Straße aus nackt sehen konnte, und streckte den Kopf hinaus, um festzustellen, aus welcher Richtung das Geräusch kam. Sie schaute nach rechts, und ihr Herz begann zu flattern. Der schwarze Lieferwagen bog in diesem Moment um die Ecke.

Glücklich sprang Gabriela zum Bett und zog darunter eine Kiste hervor, in der sie ihre Kleider aufbewahrte. Eilig begann sie, sich anzuziehen, als sie plötzlich innehielt.

»Sie werden ihn umbringen«, stieß sie laut hervor.

Sie wickelte sich in ein Bettlaken und rannte zum Hauseingang. Sie musste ihn aufhalten, ihn warnen, dass sie ihn umbringen wollten, ihm sagen, dass sie zusammen verschwinden sollten. Sie hörte dreimal die Hupe, das Zeichen, mit dem Gitano ihr anzeigte, dass er sie in einer halbe Stunde am üblichen Ort erwartete. Voll Angst schob sie den Riegel zurück und riss die Tür auf. Verzweifelt sah sie, dass Gitano Gas gab. Halb nackt versuchte sie, ihn einzuholen und rief: »Gitano«, und dann musste sie schweigen, denn Ranulfo Quirarte, genannt La Amistad, auf einen der Pfosten des Drahtzauns gestützt, fragte sie, ob er ihr helfen könne.

5

Er hielt vor dem Haus von Rutilio Buenaventura, stellte den Motor ab und blieb mit den Händen auf dem Lenker sitzen. Alles schien ruhig zu sein, trotzdem war Vorsicht geboten. Carmelo Lozano war nicht jemand, der grundlos Warnungen aussprach. Er kurbelte die Scheiben herunter, damit die Luft zirkulieren konnte und das Führerhaus sich nicht aufheizte. Er stieg aus dem Lieferwagen und ging zu dem Gatter, durch das man Rutilios Grundstück betrat. Er pfiff wie immer, um seine Ankunft anzukündigen. Der Blinde gab keine Antwort.

»Er schläft.«

Gitano drehte sich blitzschnell zu der Stimme um, die er in seinem Rücken vernommen hatte und sah sich Jacinto Cruz gegenüber, der ihn freundlich anlächelte.

»Ich wollte auch zu ihm«, fügte Jacinto hinzu, »doch er reagiert nicht ... Mehr noch, er hat noch nicht einmal seine Hühner draußen.«

Die Hühner rauszulassen war das erste, was Rutilio nach

dem Aufwachen tat, und noch immer hörte man ihr Gackern im Haus.

Jacinto Cruz nahm den Hut ab und wischte sich den Schweiß von der Stirn.

»Die Sonne ist gemein … Sie brennt schon ein Weilchen«, sagte er und fuhr fort: »Warum genehmigen wir uns nicht ein paar Biere, bis er aufgestanden ist? Ich geb einen aus.«

Gitano lehnte die Einladung ab.

»Ich warte lieber hier.«

Jacinto ließ nicht locker und klopfte ihm auf den Rücken. »Wozu willst du in der Sonne braten, Rutilio wacht manchmal nicht vor neun oder zehn Uhr auf. Mach schon, gib dir einen Ruck, es dauert nicht lange.«

Gitano sah keine Veranlassung, Jacinto zu misstrauen. Bei früheren Besuchen in Loma Grande hatten sie sich sogar gemeinsam betrunken.

»Lass mich nur eben nachsehen, ob er schon wach ist«, sagte er, öffnete das Gatter und trat in den Vorgarten.

Unruhig sah Jacinto zu, wie er zum Haus ging. Rutilio könnte ihm Bescheid sagen und damit den Plan durchkreuzen.

Gitano spähte durch das Fenster und kehrte zurück.

»Er ist im Schaukelstuhl eingeschlafen«, vermeldete er.

»Also, was nun?«

»Dann lass uns gehen.«

6

Viermal nahm er den Eispickel, und viermal legte er ihn beiseite. Dieser Eispickel war völlig anders als der, den er tags zuvor umklammert hatte. Er hatte eine andere Form, eine andere Oberfläche, andere Proportionen. Dieser war schlecht zu greifen, er fügte sich nicht in die Hand.

Torcuato schaute verzweifelt zu, wie Ramón vergeblich versuchte, den Eispickel im linken Ärmelaufschlag seines Hemds zu verstecken.

»Mach schon!«, fuhr er ihn an.

Ramón nahm erneut den Eispickel. Er versuchte, die Finger ruhig zu halten, was ihm nicht gelang. Er legte ihn wieder auf den Tresen.

»Verletz dich nicht«, rief Torcuato.

Er verletzte sich nicht, er wusste einfach nicht, wie er die Waffe in den Ärmelfalten verbergen sollte. Er wusste nicht, wie er das Pochen des Bluts in seinen Schläfen bezähmen sollte, wie er die verkrampften Muskeln seines Unterarms entspannen sollte. Torcuato hatte ihm die Nachricht zu früh überbracht. Der Moment war völlig ungeeignet, um jemanden zu töten – oder zu sterben. Nein, so nicht.

Torcuato versuchte, den Eispickel in Ramóns Hemd unterzubringen, doch stellte er sich so ungeschickt an, dass die Waffe herunterfiel und über den Boden rollte.

Plötzlich erschien Macedonio in der Tür des Ladens und murmelte: »Sie kommen.«

Mit der Rechten hob Ramón den Eispickel auf und umklammerte ihn mit aller Kraft. Er würde ihn nicht wieder loslassen.

Torcuato lugte durch ein Loch in der Wand und sah, wie Jacinto und Gitano näher kamen.

»Habt ihr die Reifen des Lieferwagens zerstochen?«, fragte er.

Macedonio nickte. Torcuato schaute wieder durch das Loch.

»Sie sind bei Marcelinos Haus«, rief er aus. Ramón presste den Kiefer zusammen und holte tief Luft.

»Lass ihn nicht lebend davonkommen«, sagte Torcuato zu ihm, und er ging mit Macedonio weg, um sich zu verstecken.

Ramón begab sich hinter den Tresen. Mit einem Lappen bedeckte er den Eispickel und hielt ihn so weit wie möglich nach unten.

7

Es waren vage, beinahe unmerkliche Anzeichen, die Gitano alarmierten und ihn eine plötzliche Attacke ahnen ließen. Blicke von Frauen, die neugierig aus Fenstern spähten, wenn er vorbeiging, Männer, die heimlich hinter Straßenecken verschwanden, und eine brüchige Stille, die um diese Uhrzeit für das Dorf ungewöhnlich war.

Ohne allzu große Beunruhigung bereitete sich Gitano auf einen Gegenangriff vor. Er straffte seinen Körper und spähte aufmerksam in jeden Winkel.

Sie betraten den Laden, und augenblicklich stellte er sich mit dem Rücken zum Tresen, damit ihm keine ungewöhnliche Bewegung entging. Dass er Ramón im Rücken hatte, war ihm egal. Der Ladenbesitzer bedeutete in seinen Augen nicht die geringste Gefahr.

Jacinto grüßte mit einem knappen »Guten Morgen«, auf das Ramón nicht zu antworten in der Lage war, die Worte blieben ihm im Halse stecken. Er versuchte das Zittern, das ihn von Kopf bis Fuß erschauern ließ, unter Kontrolle zu bringen.

Jacinto ging zum Kühlschrank, holte zwei Flaschen Bier heraus und öffnete sie. »Wir genehmigen uns ein paar

Biere«, warf er Ramón mit einem verschwörerischen Lächeln zu. Er drehte sich zu Gitano um und reichte ihm die Flasche. Gitano nahm sie mit der linken Hand. Er musste die rechte freihalten, um sich nicht überrumpeln zu lassen.

Jacinto trank einen Schluck und lehnte sich an die Wand neben der Tür. Wachsam folgte ihm Gitano mit dem Blick.

Die Männer fingen eine Unterhaltung an. Ramón, der noch immer hinter dem Tresen stand, gelang es nicht, seine Nerven zu beruhigen. Im Gegenlicht kam ihm Gitano größer und kräftiger vor, als er ihn in Erinnerung hatte. Er dachte, dass er ihn niemals töten könnte.

Jacinto, beunruhigt wegen der Benommenheit des Jungen, trank sein Bier aus und bestellte noch eins. Ramón erriet, dass dies das Zeichen zum Handeln war. Er kam hinter dem Tresen hervor und bewegte sich in Richtung Kühlschrank. Als er an Gitano vorbeiging, überlief ihn ein Schauder. Der Mann trat ein wenig beiseite und ließ den Ladenbesitzer vorbei.

Ramón blieb auf der einen Seite des Kühlschranks, direkt links neben Gitano, stehen. Der Eispickel zitterte in seiner Hand. Er hob den Blick und machte die Stelle aus, an der er zustechen musste. Langsam ließ er das Tuch heruntergleiten. Der Eispickel wurde sichtbar.

Gitano, der aufmerksam den Eingang im Auge behielt, entging, dass Ramón bewaffnet war. Er hob den linken Arm, um einen Schluck von seinem Bier zu trinken. Ramón sah den Schweißfleck unter der Achsel, und dorthin versetzte er ihm den Stich. Er stieß den Eispickel bis zum Griff hinein und zog ihn mit einem Ruck heraus.

Durch den Stoß stolperte Gitano zwei Schritte und

klammerte sich an ein Regal, um nicht zu fallen. Er spürte einen heißen stechenden Schmerz in der Seite und legte seine Hand auf die durchbohrte Achsel. Schnell wurden seine Finger feucht. Er hob die rot überströmte Hand hoch und betrachtete sie erstaunt, so als würde er daran zweifeln, dass er es war, dem das Blut entströmte. Erneut betastete er die Wunde und blickte Ramón an.

»Hurensohn«, murmelte er.

Er holte mit der Bierflasche aus und zerschmetterte sie wütend auf der Ladentheke. Erschrocken wich Ramón zurück und umklammerte die Waffe, bereit anzugreifen. Gitano schüttelte den Kopf. Er schnappte nach Luft, und als sich sein Brustkorb dehnte, vergrößerte sich der Blutfleck kreisförmig auf dem Hemd. Todestrunken schritt er die drei Meter bis zur Tür und blieb taumelnd im Rahmen stehen. Er sah draußen ein paar Frauen, die ihn starr anblickten.

»Vorbei«, sagte er keuchend. Nach Luft ringend öffnete er erneut den Mund. Er ballte die Fäuste, machte eine schmerzvolle Geste und sank langsam in sich zusammen, so als wollte er sich bücken, um eine Münze vom Boden aufzuheben, bis er schließlich schwer auf die trockene Erde der Straße fiel.

Ramón glitt hinter den Tresen, und von dort sah er zu, wie Gitano seinen letzten Atem ausstieß.

8

Der Körper blieb mit dem Gesicht nach unten liegen, das sich schweißbedeckt in den Staub drückte, die offenen Augen mit verdrehtem Blick. Jacinto trat zu dem Leichnam und hielt ihm die Hand unter die Nase, um zu sehen, ob er noch atmete.

»Lebt er noch?«, fragte Torcuato, der sich zusammen mit Macedonio und Pascual dazugesellte.

»Nein«, war Jacintos knappe Antwort. Er richtete sich auf und betrat den Laden. Er fand Ramón zitternd und aufgelöst vor.

»Du musst abhauen«, bestimmte er.

Ramón blickte ihn angsterfüllt an.

»Wohin?«

»Egal wohin, aber hau schon ab.«

»Warum?«

Jacinto gab keine Antwort. Sein Schweigen machte Ramón klar, dass er unbedingt verschwinden musste. Er öffnete eine Dose, die unter der Ladentheke stand, nahm alles Geld heraus und ging auf die Straße.

Sekundenlang betrachtete er die Leiche seines Feindes und rannte los.

Unruhig trat die Witwe Castaños aus dem Haus, nachdem sie den Mord durch einen Spalt in der Wand mitverfolgt hatte, und sie sah, wie sich ihr Sohn in der Ferne verlor.

9

Er rannte und rannte über die Feldwege, bis ihm seine Beine versagten. Er setzte sich auf einen Stein, um auszuruhen. Er war schon ein ganzes Stück von Loma Grande entfernt, bereits hinter der Landwirtschaftsgenossenschaft Pastores. Er untersuchte den blutgetränkten Eispickel, den er noch immer mit der Hand umklammerte, und säuberte ihn gründlich mit Spucke. Dann steckte er ihn sich in den Hosenbund.

An diesem Morgen war nichts so wie sonst: Es war nicht

die gleiche Hitze wie an den anderen Tagen, nicht die gleiche Luft, nicht das gleiche Zirpen der Zikaden. Etwas hatte alles verändert.

Er war durstig und hungrig. Er stellte fest, dass es dumm gewesen war, nicht auf Wegen entlang dem Guayalejo zu fliehen. Dort hätte es wenigstens Wasser gegeben, und er hätte sich aus den Korbnetzen der Fischer ein paar Langusten stehlen können. Jetzt war er mehrere Kilometer vom Fluss entfernt.

Er strich auf dem steinigen Gelände umher, um etwas Essbares zu finden. Er kam zu einem Hirsefeld, und von einem Pflanzenstängel riss er ein Büschel mit reifen Körnern ab. Er probierte sie mit der Zungenspitze, um festzustellen, ob sie Schädlingsbekämpfungsmittel enthielten. Es war die Zeit, in der die Flugzeuge die Pflanzungen der Privatfarmen besprühten. Die Körner schmeckten nicht bitter, und er verschlang mehrere Büschel.

Er verließ das Hirsefeld, beobachtete den Sonnenstand und wandte sich nach Norden. Er dachte, dass es am ratsamsten sei, nach Kansas zu gehen, um seinen Bruder zu finden.

Ein paar Minuten lief er den Weg entlang, als er plötzlich stehenblieb. Er durchsuchte mehrmals seine Hosentaschen nach der Fotografie von Adela. Umsonst, er hatte sie nicht bei sich. Er verspürte den Wunsch, nach Loma Grande zurückzukehren, sich noch einmal für sie der Gefahr auszusetzen.

Er fand, es sei wahnsinnig. Und schließlich, wer war Adela?

Er machte sich auf den Weg Richtung Norden. Nach ein paar Schritten blieb er erneut stehen. Adela bedeutete alles, und er konnte sie nicht vergessen, er konnte es einfach nicht. Er drehte sich um, und in der Ferne erblickte er den Bernal. Bald würde er Adela wieder bei sich haben, auch wenn es nur eine zerknitterte Schwarzweiß-Fotografie im Dreiviertel-Profil war.

Begegnung mit Guillermo Arriaga

Von Susanna Mende

Wir hatten uns am Samstagmorgen an der Ecke 5th Avenue und West 52nd Street verabredet. Die Temperaturen waren über Nacht drastisch gesunken, und ich stand frierend und in Sandalen da und fragte mich erneut, weshalb ich Guillermo Arriaga, der in Mexico City lebt und dessen Roman ich kurz zuvor in Berlin ins Deutsche übersetzt hatte, ausgerechnet in New York zum ersten Mal begegnen würde. Ein merkwürdiger Zufall, oder?

Guillermo Arriaga war als Drehbuchautor zum New York Film Festival eingeladen, zusammen mit dem Regisseur Alejandro González Iñárritu, um den Film *Amores Perros* vorzustellen. Die *New York Times* hatte über das Erstlingswerk von Iñárritu bereits enthusiastisch berichtet und Arriagas Talent als Drehbuchautor ausgiebig gewürdigt. Arriaga ist kein Neuling auf diesem Gebiet; er hat die Drehbücher zu *A Cielo Abierto* und *A Fuego Lento* geschrieben und war bei der Adaption seines Romans *Escuadrón Guillotina* Co-Autor des spanischen Schriftstellers Rafael Azcona (der unter anderem verschiedene Drehbücher für Berlanga verfasst hat).

Er hat für das mexikanische Kulturfernsehen Programme geschrieben und in Filmen Regie geführt, unter anderem über behinderte Sportler und das Down-Syndrom. Zuletzt hat er die Serie *Interciencia,* ein Wissenschaftsprogramm für Jugendliche, realisiert. Außerdem hat er mehrere Kurzfilme gedreht.

Als ich Guillermo frage, welche Rolle ihm denn am meisten behage, die des Romanautors, des Drehbuchautors oder des Regisseurs, zögert er keinen Moment mit der Antwort: »In erster Linie bin ich Romanautor.« Es überrascht mich allerdings, dass er die Regie dem Drehbuchschreiben vorzieht.

Außer *Der süße Duft des Todes* liegen die Romane *Escuadrón Guillotina* und *El Búfalo de la Noche* vor. Bedauernd berichtet Guillermo über seinen Erzählband *Retorno 201,* den er bereits mit Mitte zwanzig verfasst hat und der aufgrund einer Reihe von Versehen und Nachlässigkeiten einiger Verleger nie erschienen ist.

Wir haben uns inzwischen in einem *Deli's* vor unserem dünnen Kaffee niedergelassen und sind froh, dem kalten Wind in den New Yorker Straßen entflohen zu sein. Guillermo erzählt von seiner großen Leidenschaft, der Jagd, und wie er darüber die Menschen aus der Gegend von Tamaulipas kennen gelernt hat.

Ich erfahre, dass die Namen der Figuren in *Der süße Duft des Todes* authentisch sind und wie begeistert die Menschen gewesen seien, als Guillermo ihnen das Buch zeigte. Da die meisten allerdings Analphabeten sind, hat man im Dorf Lesungen veranstaltet, die regen Zuspruch bei den Bewohnern fanden.

Wie den anderen Texten und Drehbüchern ist auch dem Roman *Der süße Duft des Todes* ein Traum vorausgegangen. Guillermo versichert, dass er seine Ideen immer zuerst träumt. Allerdings gibt es ein Thema, das Guillermo im Wachzustand stark beschäftigt und in all seine Arbeiten auf unterschiedliche Weise einfließt: das Schicksal und das Ausgeliefertsein des Menschen. In *Der süße Duft des Todes* nähert er sich dieser Thematik über die Tragödie und gibt damit dem Mordfall eine andere Gewichtung und Funktion: Wen interessiert schon der Mörder? Dies in Verbindung mit einer kenntnisreichen und minuziösen Beschreibung der Landbevölkerung und ihrer Gepflogenheiten – vor allem auch ihrem Verhältnis zur Natur, das noch keine »Bambisierung« erfahren hat – schafft ein eigenwilliges Spannungsfeld zwischen regionaler Spezifik einerseits und universeller Thematik andererseits – und das mit einem Höchstmaß an Suspense.

Leider haben Guillermo und ich uns bei unserer zweiten Verabredung auf dem Filmfestival verpasst, und das, obwohl wir so bald keine Gelegenheit mehr haben werden, uns zu begegnen und ich noch so viel fragen wollte. Doch wie sagt noch eine der Protagonistinnen in *Amores Perros:* »Wenn du Gott zum Lachen bringen willst, dann erzähl ihm von deinen Plänen.«

Arriaga über Arriaga

Ich bin Jäger. Vielleicht ist die Jagd neben der Literatur und dem Kino die Beschäftigung, über die ich mich am meisten definiere. Es ist eine Leidenschaft, die ich aufregend und ergreifend finde. Ich glaube, es ist der letzte große Ritus, den ein Mensch anstreben kann. Die zugleich schöne und brutale Begegnung von Leben und Tod. Durch die Jagd bin ich demütiger geworden. Die Natur und der intensive Kontakt mit ihr weisen uns unseren Platz in der Welt zu. In Mexiko wurde gerade unter dem Vorwand des Bestandserhalts ein absurdes Gesetz verabschiedet, das die Jagd privatisiert und ihre Ausübung nur noch in bestimmten kontrollierten Gebieten zulässt. Ich bin ganz entschieden gegen dieses Gesetz. Die Jagd bringt ganz unterschiedliche Menschen zusammen, sie gibt einem das Gefühl von Freiheit und Raum wie kaum eine andere Beschäftigung. Wenn irgendein Wort mich beschreiben kann, dann ist es das: Jäger.

Mich erschreckt die derzeitige Entwicklung der Welt, die immer individualistischer, immer technisierter, immer mehr auf Arbeit ausgerichtet ist. Und die immer banaler wird. Die Political Correctness übt eine fürchterliche Tyrannei aus. Alles ist »nice« und nichtssagend. Und hinter dieser netten Welt gibt es einen wachsenden Verfall, eine immer ärmere Bevölkerung, Gewalt, Unsicherheit, Hunger und Bruderkriege.

Ich war ein begeisterter Sportler, bis ich bei einem Basketballspiel eine Rückenverletzung erlitt, welche auch die Nerven in Mitleidenschaft zog und mich zwang, den Sport ganz aufzugeben. Ich hatte Fußball gespielt (ich versuchte, eine professionelle Karriere einzuschlagen, aber ich spielte zu schlecht), außerdem gehörten Boxen, Volleyball, Pingpong, Baseball, Squash und Schwimmen zu meinen Sportarten. Vielleicht habe ich die Persönlichkeit eines Säufers, doch bin ich in der Tat völliger Abstinenzler, und ich war noch nie betrunken, niemals. Nicht aus moralischen Gründen, sondern eher, um das Gegenteil zu tun. Ich mache nicht gerne das, was alle anderen machen. Ich rauche auch nicht.

Mit vierundzwanzig hatte ich eine Virusinfektion des Herzbeutels. Die

Sache verschlimmerte sich, weil ich in diesem Moment für die Olympischen Spiele trainierte, an denen ich als Boxer im Mittelgewicht teilnehmen wollte. Die Infektion führte zu einer Herzmuskelentzündung, und mir wurde absolute Ruhe verordnet. Der Arzt sagte mir, dass jegliche Anstrengung, der Gang zur Toilette oder eine emotionale Aufregung, einen Herzstillstand verursachen könnten. In jener Nacht betrachtete ich meine Hände. Sie könnten sich in die Hände eines Toten verwandeln. Ich schwor mir, dass, wenn alles gut ginge, ich stets die Haut derer streicheln würde, die ich streicheln müsste, und dem eins auf die Nase geben würde, dem ich eins auf die Nase geben müsste, und dass ich ein Werk hinterlassen würde, das mich überleben und meinem Dasein einen Sinn geben würde. Damals las ich *El jardín de los senderos que se bifurcan* von Jorge Luís Borges. Ich beschloss, Schriftsteller zu werden, und seit damals versuche ich vom Schreiben zu leben, was in der Zwischenzeit möglich ist. Ich erholte mich von der Herzmuskelentzündung, um eineinhalb Jahre später eine noch viel schwerere zu erleiden.

Der letzte Kurzfilm, den ich gemacht habe, heißt *Rogelio* und handelt von einem Toten, den es furchtbar stört, dass er tot ist, weswegen er sein Grab verlässt und zu seinen Freunden geht, die ihn vergeblich davon zu überzeugen versuchen, dass für ihn bereits alles vorbei ist.

Besonders fasziniert bin ich von Wüsten, Kojoten, Wildgänsen, Motels, langen und flachen Landstraßen, Neonanzeigen, alten Pick-ups, Schlangen, der Stille, verbotenen Lieben, dem Leben, dem Tod, der Liebe.

Ich habe zwei wundervolle Kinder: Santiago ist sieben und Mariana neun Jahre alt. Ich hätte nie gedacht, dass Vater sein eine so intensive und so lebendige Erfahrung sein würde. Ich bin mit meiner Frau Maru seit dreizehn Jahren verheiratet und hoffe, den Rest meines Lebens mit ihr zu verbringen.

Bibliografie

Relato de los Esplendores y Miserias del Escuadron Guillotina y de cómo participó en la leyenda de Francisco Villa (1991), *Un dulce olor a muerte* (1994, dt. *Der süße Duft des Todes,* 2001), *El Búfalo de la Noche* (1999), *Retorno 201* (Erzählungen, unveröffentlicht).

Filmografie

Un Dulce Olor a Muerte, 1998, Regie: Gabriel Retes, Buch: Guillermo Arriaga.

Amores Perros, 2000, Regie: Alejandro González Iñárritu, Buch: Guillermo Arriaga (Erster Preis der Semaine Internationale de la Critique, Filmfestspiele Cannes).

In Vorbereitung: Kino-Adaption von *Escuadròn Guillotina* in Zusammenarbeit mit Rafael Azcona.

Diverse Kino- und Fernsehproduktionen sowie Drehbücher, u.a. zu *A Cielo Abierto* und *A Fuego Lento.*

Die Übersetzerin

Susanna Mende, geb. 1965, studierte Hispanistik, Kunstgeschichte und Germanistik an der Universität Hamburg. Nach dem Studium arbeitete sie als Kuratorin beim Medienkunstfestival Transmediale in Berlin. Seit drei Jahren übersetzt sie Erzählungen, Romane und Essays aus dem Spanischen und arbeitet als freie Kuratorin.

Worterklärungen

machaca: In der Sonne getrocknetes Fleisch, das nach dem Trocknen zerkleinert wird; typische Speise im Norden von Mexiko.

huastecischer Wind: La Huasteca ist eine pflanzen- und wasserreiche Region im Süden des Staates Tamaulipas und in den Nachbarstaaten Veracruz, San Luis Potosí und Querétaro. In Tamaulipas bezeichnen die Bauern den Wind, der aus südlicher Richtung weht, als huastecischen Wind.